京都と文学研究会 編

ものがたりたちの京都

京都文学入門

《責任編集》須藤 圭
Kei SUDŌ

武蔵野書院

目次

近代

現代

はじめに

本書は、古代から近代にかけて書かれた複数のものがたりをとりあげ、その中に描かれた「京都」の姿を分析することで、「京都文学」、ないしは、文学を読み解いていくことの現代的意義を問おうとするものです。

いったい、「京都」とは、どのような場所といえるでしょうか——。今、いくらかの回答を考えてみれば、たとえば、「古都」「千年の都」「歴史と伝統の街」などといった答えを思い浮かべることができるでしょう。その一方で、これとは全く逆に、「創られた伝統でしかない」などの答えを想定することもできるかもしれません。東洋史学者であった内藤湖南《ないとうこなん》（一八六六～一九三四）にいわせれば、こんにちの日本を知るためには室町時代に起こった応仁の乱以後の歴史を知るだけで十分だ（「応仁の乱に就て」『内藤湖南全集　第九巻』筑摩書房、一九六九年）というわけですから、京都千二百年の歴史と伝統など、存在しないことになってしまいます。あるいは、任天堂、京セラ、村田製作所などの企業本社がおかれていること、パンの消費量が極めて多いこと（総務省の家計調査（二人以上の世帯）によれば、全国の都道府県庁所在市および政令指定都市の中で、京都市のパン購入数量は、二〇一六年第一位、二〇一七年第三位、二〇一八年第二位になっています）などを思い浮かべることもできます。人によって異なる答えを導く「京都」は、まるで、光を屈折させ、さまざまな色を照射するプリズムのようだとも、見る角度によって変化するレンチキュラーのようだとも、いうことができます。

たとえば、下に掲げたのは、「明治の応挙《おうきょ》」とも称された日本画家の森寛斎《もりかんさい》（一八一四〜一八九四）が描いた四条大橋の図です。今でこそ四条大橋は、その橋上から、鴨川や先斗町《ぽんとちょう》、南座を背景に記念写真を撮る絶好のスポットとなっています。しかし、明治時代のはじめにさかのぼってみれば、この四条大橋は、明治七年（一八七四）、当時、非常に珍しかった鉄橋に架け替えられ、京都の近代化を象徴する名所として、たくさんの絵画に描かれ、たくさんの華麗な文章で語

図　『京新名所四季図屏風』から「四条大橋図」（明治６年（1873）画、京都府蔵、京都文化博物館管理）

られていました。森寛斎の四条大橋の図も、そうしたもののひとつに位置づけることができます。時代や社会によって、また、人々の立場や考え方によって、「京都」を語ることばは変化し、決して、同じではなかったのです。

そして、こうした「京都」をめぐるイメージやことばとともに、古代から近代にかけて、たくさんの「京都」にかかわるものがたりが生まれてきました。異なる時代、異なる人々によって書かれたこれらのものがたりには、現在を生きる私たちには決して知ることのできない、未知の「京都」の姿が描かれているはずです。本書では、これらのものがたりを「京都文学」と呼ぶことにし、その中でも代表的な一〇の文学をとりあげて全一〇章とし、それを補う三つのコラムを設け、この未知の「京都」を論じることにします。

本書が目指したのは、単に「京都文学」そのものを紹介したり、観光ガイドのツールとして用いたりすることではありません。「京都」という場所が、延暦一三年（七九四）、桓武天皇によって平安京がひらかれて以来、常に文化の発信源であった歴史とともにあり、また、ひときわ高く聳《そび》える比叡山や悠々と流れる鴨川、山紫水明《さんしすいめい》の地とされた美しい風土といった地理と無関係ではないように、「京都文学」も、歴史や地理など、多くの分野がからみあい、できあがっていいます。それだけではなく、「京都」で「文学」が生まれることによって、その「文学」が「京都」を形づくり、そしてまた「文学」が生まれ、「京都」を形づくっていく、こうした「京都」と「京都文学」との相互関係も見過ごしてはなりません。さまざまな要素が縦横に組みあわされて作りあげられてきた「京都」という織物《テクスチャー》を描く「京都文学」は、だからこそ、私たちに、たくさんの「知」を与えてくれるに違いありません。本書は、「京都文学」と真摯に向きあい、その価値を直裁に問うものなのです。

はたして、ものがたりたちは、どのような「京都」を描きだしているか——。さっそく、読み解いていくことにしましょう。

京都と文学研究会

須藤　圭

記紀萬葉——宇治と恭仁京の『萬葉集』

池原陽斉

はじめに

京都の文学をうたった本書が、「記紀萬葉」を取りあげていることには、違和感をおぼえる人もいるのではないだろうか。上代文学は飛鳥・奈良時代の文学であり、この時代の文学の舞台となる主たる地域といえば、前期は現在の奈良県南部の飛鳥、後期は平城京を中心とした奈良県北部が相当し、京都の地はその周縁に当たるからである。

とはいっても、京都が上代文学とまったく無縁かといえばそんなこともない。『古事記』や『日本書紀』を紐解けば、仁徳天皇の皇后であり、激しい嫉妬を見せることで知られる石之日売《いはのひめ》（磐之媛）が登場する。この皇后が難波に宮を構える夫君を拒絶して住まった地が山背《やましろ》、すなわち京都である。皇后が仮の居所とした筒城宮《つつきのみや》の跡は、同志社大学の京田辺キャンパス内に存する。もちろん、たしかにこの地という根拠はないが、京田辺市多々羅のあたりではあろう。

　また『萬葉集』でも、山科、木幡、宇治、久世といった諸地域が詠歌の対象となっている。さらに「丹後国風土記逸文《いつぶん》」を見れば、人口に膾炙《かいしゃ》した浦島太郎（の原型に当たる水江浦嶼子《みずのえのうらのしまこ》）も、丹後つまりは京都を舞台に活躍する。のちの京の都の地は、畿内の一角を占める空間として、上代文学にも少なからず登場してくる。

　これらの作品が顧みられる機会も、往時より増加しているように思う。一例として、萬葉歌碑の設置数の変化をあげよう。昭和六一年（一九八六）に芳賀紀雄が「京都府内で確認される万葉歌碑は、わずかに三例、まさに寥々たるものである」[＊1]と述べていたように、『萬葉集』は京都と縁の薄い文学と認知されていた。しかし、近時の調査によれば府内には五十基を超える萬葉歌碑が設置されており、だんだんと両者の関係は密になってきている。[＊2]

　このような現状を鑑みれば、「京都と文学」という枠組みにおいて上代文学を見直す意義は、あらためて考えられてよいだろう。以下では具体的な作品を読み解いてゆく。しかし、限られた紙数で上代文学にあらわれる京都の全体を鳥瞰《ちょうかん》

注

＊1　芳賀紀雄『万葉の歌　人と風土　七』（保育社、一九八六年）

＊2　三井治枝『全国萬葉歌碑』（渓声出版、二〇〇五年）、田村泰秀・富田敏子『萬葉二千三百碑』（万葉の大和路を歩く会、二〇一八年）。なお、城陽市の正道官衙遺跡公園に三十余基が存するように、場所別ではそこまで多くない。しかし、往時に比べて激増していることに変わりはない。

＊3　六十五首は、あくまでも

することはできない。そこで本稿では、六十五首*3を数える京都の地名を読み込む『萬葉集』所収歌を対象とし、*4「京都の上代文学」の一端をあきらかにしたい。

『萬葉集』にあらわれる地域

すでに前掲芳賀著などにも指摘のあることだが、『萬葉集』に詠まれる京都の地名には明白な偏りが存する。それは、作歌の相当数が現在の相楽郡《そうらくぐん》と宇治方面に集中しているということである。山科や伏見が詠まれることもないではないが、数は少なく、上記二地域のうたが各三十首と他を圧倒している。もっとも複数の地域が一首に読み込まれる場合もあるため、この数字にはやや問題もある。以下のような例も存するからである。

……石走《いはばし》る近江の国の　衣手《ころもで》の田上山《たなかみやま》の　真木さく檜《ひ》のつまでを　もののふの八十宇治川《やそうぢかは》に　玉藻なす浮かべ流せれ……図負《あやお》へる奇《くす》しき亀も　新た代《よ》と泉の川に　持ち越せる真木のつまでを……（巻一・五〇）

……（石走る）近江の国の（衣手の）田上山の（真木さく）檜の木材を（もののふ

京都の地名が含まれるうたの数である。地名を含む長歌に附された反歌、地名含有歌と組になっている作、題詞との関係から京都で詠まれたと判断できるうたなども合わせると、総数はもう五十首ほど増加する。ただしこれらの作を加えても、以下で触れる地域の偏りに変化はない。なお「宇治人」（巻七・一一三七）のような「人」に掛かる例も六十五首に含めなかった。

*4　萬葉歌の地名の認定は、前掲*1芳賀、犬養孝『〔改訂新版〕万葉の旅　中』（平凡社、二〇〇四年）による。国境の奈良山（巻一・二九、巻四・五九三など）と逢坂山（巻十・二二八三、巻十五・三七六二）、認定に存疑のある「梶島」（巻九・一七二九）、「入野」（巻七・一二七二、巻十・二二七七）は取らなかった。

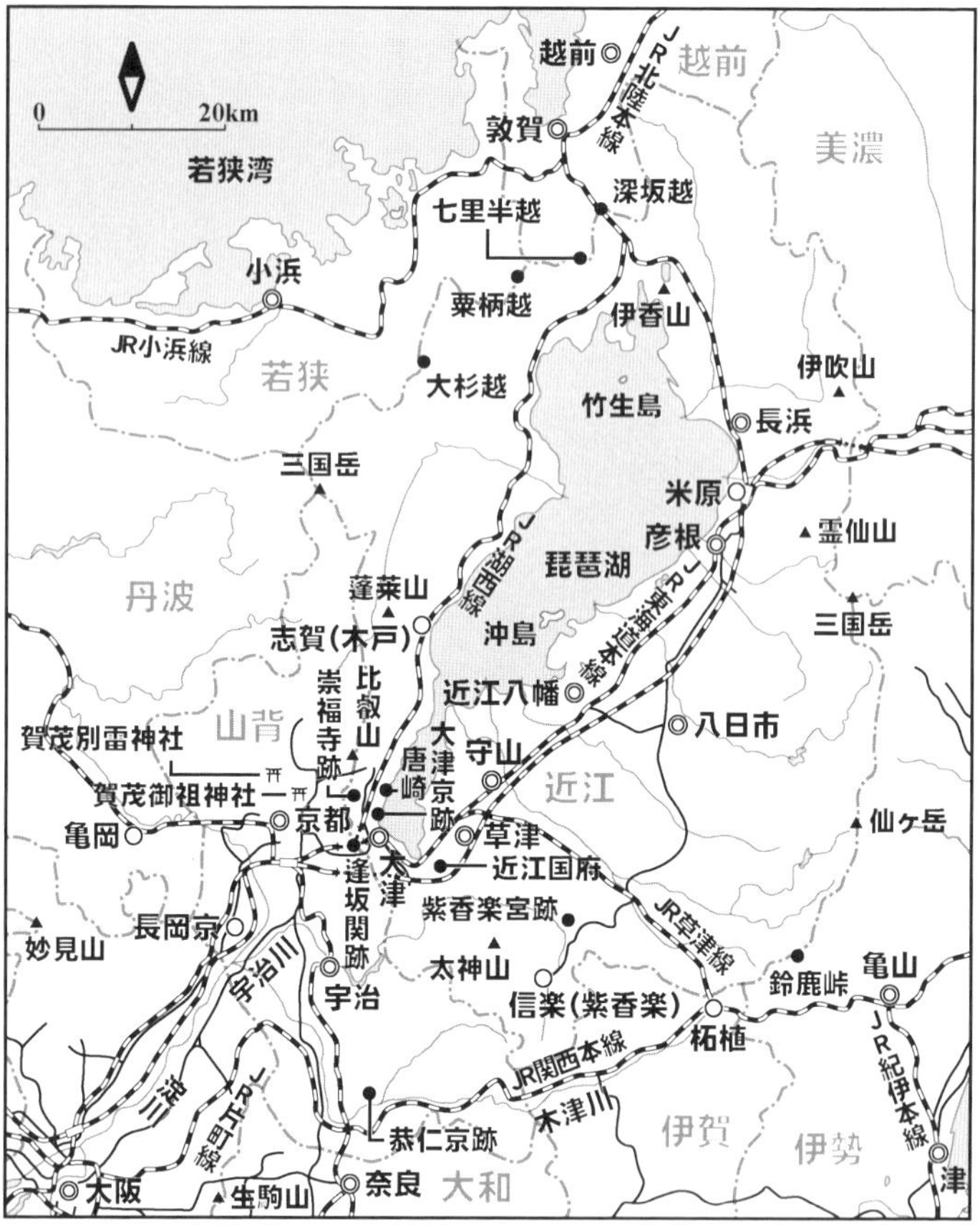
0
20km
若狭湾
越前
越前
JR北陸本線
敦賀
美濃
深坂越
七里半越
小浜
粟柄越
伊香山
JR小浜線
若狭
大杉越
伊吹山
竹生島
長浜
三国岳
米原
彦根
霊仙山
JR湖西線
琵琶湖
丹波
蓬莱山
JR東海道本線
三国岳
志賀(木戸)
沖島
比叡山
崇福寺跡
近江八幡
山背
大津京跡
八日市
賀茂別雷神社
唐崎
守山
賀茂御祖神社
近江
京都
仙ヶ岳
亀岡
大津
草津
逢坂関跡
近江国府
紫香楽宮跡
JR草津線
長岡京
妙見山
宇治川
太神山
鈴鹿峠
亀山
宇治
信楽(紫香楽)
柘植
JR関西本線
JR紀伊本線
淀川
JR片町線
木津川
恭仁京跡
伊賀
伊勢
大阪
生駒山
奈良
大和
津

図1　京都周辺地図

の八十氏ではないが）宇治川に（玉藻なす）浮かべて流しているのだ……瑞兆を背に負った神秘的な亀も、新たな世を祝って「出づ」という泉《いづみ》の川に運び入れた檜の木材を……

持統天皇の八年（六九四）から和銅三年（七一〇）のあいだ都であった藤原京の宮殿造営に際しての作歌。近江の田上山で伐採した木材を宇治川、泉川（現在の木津川）の順に流し、さらに陸路を経由して大和の佐保川・泊瀬川を通して藤原京まで運んだらしい[*5]（図1参照）。

また、やはり羈旅《きりよ》のうたとして「そらみつ大和の国　あをによし奈良山越えて　山背の管木《つつき》の原　ちはやぶる宇治の渡り　岡屋《をかのや》の阿後尼《あごね》の原を……」（巻十三・三二三六）と、大和を出発、山背の諸所を経由し、さらに「我は越え行く逢坂山を」と、近江に至る旅客の作もある。「管木」は『古事記』の「筒城」のことで、現在の綴喜をさす。「宇治」を経由した後の「岡屋」と「阿後尼の原」は所在不明だが、後半に「山科の石田《いはた》の社《もり》の」と宇治より北の地名が見えるので、いずれも宇治と山科の間あたりなのだろう。

おなじ巻十三所収の「……見れど飽かぬ奈良山越えて　真木積む泉の川の　早

＊5　伊藤博『萬葉集全注　巻第十三』（有斐閣、一九八三年）

き瀬を棹さし渡り　ちはやぶる宇治の渡りの　激《たき》つ瀬を見つつ渡りて　近江道《ぢ》の逢坂山に……」（同・三二四〇）も、やはり逢坂山越えの折の作である。当時の畿内は大和、山背、河内、和泉、摂津の五ヶ国（五畿内）なので、逢坂山を越えて近江に至ると、もうそこは畿外の地となる。大和の人々が、都を遠く離れたことをとりわけ強く感じるのがこの逢坂山越えであった。ほぼ同趣の経路のうたが存在するのは、そのような事情による。

ともあれ、この三首は特定の地域における作とはいえず、分類しかねるのでひとまず除外しておくと、京都の萬葉歌は六十二首となり、そのうち相楽郡の作は二十八首、宇治方面は二十七首、それ以外の地域が七首と[*6]、大半が二地域の作である。京都の萬葉歌は、ほぼかぎられた範囲で詠まれた作が占めているといえる。

現在、我々が京都といわれればすぐに思い浮かべることのできる名勝や施設の多く存する上京区や下京区、あるいは東山といった諸地域は、『萬葉集』においては姿をあらわさないわけである。

宇治の萬葉歌　6

＊6　山科（石田社を含む）が四首、伏見、丹波、丹後が各一首ずつ。

宇治と相楽郡の二地域に多くの作歌が残るのは、既出のうちの二首（三二三六、三二四〇）からも判断しうるように、ひとつには近江へと抜ける経路であるなど、交通の要所であったことが大きな理由としてあげられる。集中には以下のようなうたも存する。

白鳥《しろとり》の鷺坂山《さぎさかやま》の松陰に宿りて行かな　夜《よ》もふけ行くを（巻九・一六八七）

（白鳥の）鷺坂山の松の木陰に野宿しよう。夜も更けてきたことだから

泉川渡り瀬《ぜ》深み　我が背子《せこ》が旅行き衣濡れ湿《ひ》たむかも（巻十三・三三一五）

泉川の渡り背が深いので、あなたの旅装が濡れてしまわないでしょうか

前者の地名は城陽市富野《との》鷺坂山として現在まで残る。直後に「名木河《なきがは》にして作れる歌二首」（巻九・一六八八～一六八九）*7が続いており、京都での羈旅のうたを三作まとめて排したとおぼしい。後者は泉川を渡って旅路を行くであろう夫の苦労を思い、渡河に際しての衣服の浸潤を嘆く妻のうた。鷺坂山や泉川といった地が、旅中の行路として知られていたことを示唆する作といえる。

しかし、相楽郡と宇治方面に対する当時の意識をまったく同等であると考えて

＊7『和名類聚抄』に「久世郡那紀郷」とある。『日本歴史地名大系　二十六』（平凡社、一九八一年）は「伊勢田の西を北流して巨椋池に注いでいた」とするが、奥野健二『萬葉山代志考』（大八洲出版、一九四六年）は木津川の久世あたりでの呼称かと推定しており、諸説ある。なお、この二首は題詞にのみ名木川の称がみえ、うたには詠み込まれないので六十五首にはカウントしていない。

しまってよいかといえば、そうはいかない。このふたつの地域にも明白な差違がみとめられる。まず宇治についていえば、『萬葉集』の前期（七世紀なかば）から詠まれる場合がある。

秋の野のみ草刈り葺《ふ》き　宿れりし宇治の都の仮廬《かりいほ》し思ほゆ（巻一・七）

秋の野の萱を刈って屋根に葺き、宿泊した宇治の離宮の仮小屋が思われる

「明日香川原宮御宇天皇《あすかのかはらのみやにあめのしたおさめたまひしすめらみこと》」（皇極《こうぎょく》天皇）時代のうたで、作者は額田王《ぬかたのおほきみ》。「宿れりし」と第三句を直接過去の助動詞で結んでおり、宇治への旅路に際して、往時にこの地を訪れたことを回想しての作である。いつの折を回想しているのか、精確には不明だが、皇極の夫君たる舒明《じょめい》天皇が存命のころであろう。[*8] 皇極の在位は六四二年から六四五年なので、少なくとも七世紀前半に宇治が景勝の対象であったことはたしかである。

あるいは次の旋頭歌なども、宇治方面の作として注目に値する。

山背の久世《くせ》の若子《わくご》が欲《ほ》しと言ふ我を　あふさわに我を欲しと言ふ山背の久世

＊8　伊藤博『萬葉集釋注　一』（集英社、一九九五年）など。

山背の久世の若様が妻に欲しいという、私を。お逢いしたらすぐに私を妻に欲しいと言う山背の久世の若様
（巻十一・二三六二）

七世紀後半のうたを中心に集めたとおぼしき「柿本人麻呂歌集」の一首。「久世の若子」、つまりは久世の豪族の若さまが、「私を妻にほしいといっているわ」と、女の側から身分違いの恋を詠んだうたである。旋頭歌は古くから口誦歌を記載したもの、片歌形式（五・七・七）の問答歌を記録したものと考えられてきた[*9]が、現存する旋頭歌には問答形式に当たるものはほとんどなく、むしろ唱和のために記載することを前提に作られた歌体であろうとの見方も提出されている。[*10]成立についての確実なことは不明というほかないが、[*11]ここで肝心なことは、このような声に出してうたう、文字どおりの「うた」が、「山背の久世」を舞台とすることである。おなじ「柿本人麻呂歌集」に天武天皇の皇子たちへの献歌（巻九・一六八二～一六八四、一七〇一～一七〇五）の含まれることを考慮すれば、おそらく七世紀後半には皇族・貴族層にとっても「山背の久世」は周知の土地で、若子の求婚譚はイメージされやすかったとおぼしい。「山背」は、大和の人々に

＊9　五十嵐力『国歌の胎生及び発達』（早稲田大学出版部、一九二四年）
＊10　神野志隆光「旋頭歌をめぐって」（『柿本人麻呂研究―古代和歌文学の成立』塙書房、一九九二年）
＊11　廣岡義隆「旋頭歌」（『和歌文学大事典』古典ライブラリー、二〇一四年）

とっても縁浅からぬ地域であったと推測しうる。

また、『古事記』や『日本書紀』をみても、すでに述べたとおり、仁徳天皇の皇后である石之日売が夫と別居して落ち着く先として筒城宮が登場するほか、おなじく仁徳に関わっては宇治自体も舞台となる。仁徳の弟の宇遅能和紀郎子《うぢのわきいらつこ》（菟道稚郎子皇子《みこ》）が、その名のとおり宇治に宮を構えているのである。学問に秀でたこの皇子は父の応神《おうじん》天皇の鍾愛《しょうあい》を受け、遺言によって後継者にと望まれる。しかし、父への孝と兄への悌のあいだで板挟みとなり、自ら死を選ぶことで兄に皇位を譲ってみせる。

仁徳天皇の時代を『日本書紀』の暦に従って計算すると四世紀となる。記紀から四百年前の時代の歴史が、どれほど正確に伝えられていたかは判然としないが、まったく事実無根とも考えにくい。[*12] 少なくとも『萬葉集』の時代以前に、宇治はある程度、政治や宮廷文化とかかわる地として存在していたと見做せる。

相楽の萬葉歌

一方、相楽郡にはそのような徴証があまり見出せない。もちろん、『続日本紀』

＊12　記紀両書に共通する所伝も多く、七世紀後半から八世紀時分に、それ以前の時代に関する伝えは、ある程度存していた可能性が高い。

和銅六年（七一三）六月に「甕原《みかのはら》の離宮に行幸《みゆき》したまふ」と記される元明《げんめい》天皇の行幸を皮切りに、同趣の記事は元明、聖武天皇の時代に散見してはいる。この「甕原」は『萬葉集』ではしばしば「三香原」と書かれ、木津川の北岸の平野部一帯を指す称である。[*13] この離宮への行幸を詠んだ神亀《じんき》二年（七二五）三月の笠《かさの》金村《かなむら》のうたも『萬葉集』には残されている（巻四・五四六〜五四八）。

しかし『続日本紀』の行幸記事以前の記録はとぼしく、この一帯の影は薄いというのが正直なところである。『萬葉集』をみても、既出の五十番歌で木材の輸送路として登場する例と、「柿本人麻呂歌集」所収歌の一首（巻九・一六九五）を除けば、前期には姿を見せない。にもかかわらず、この地が『萬葉集』の京都のうたの半数ほどを占める理由はなにかといえば、短期間とはいえ、宮都として存在していたからにほかならない。

京都の地の宮都といえば、延暦一三年（七九四）に開都した平安京の印象が定着しており、先行する延暦三年（七八四）の長岡京遷都が嚆矢《こうし》というイメージも強いが、天平一二年（七四〇）一二月には聖武天皇が相楽郡への遷都を敢行し、恭仁《くに》京が造営されている。

この恭仁から始まり、翌々年の八月には近江紫香楽《しがらき》宮の造営、さらに天平一

*13 『日本歴史地名大系 二十六』（前掲*7）

六年（七四四）二月には難波京へと聖武は足早に都を移していく。この、いわゆる「聖武彷徨」はその理由すらも判然としないが、ともかくも、大和の地が政治・文化の中心であった奈良時代に、ごく短期間とはいえ、京都に宮都の存した時代があったわけだ。その影響は如実に『萬葉集』にもあらわれており、相楽郡の作歌二十八首のうち、二十首ほどはこの恭仁京とかかわりがある。たとえば以下のような作が存する。

三香原布当《ふたぎ》の野辺《のへ》を清みこそ　大宮所《おほみやどころ》定めけらしも（巻六・一〇五一）

三香原の布当の野辺が清らかなので、皇居の地として定められたらしいなぁ

今造る久邇《くに》の都に　秋の夜の長きにひとり寝《ぬ》るが苦しさ（巻八・一六三一）

新しく造営している恭仁の都で、秋の夜長に一人で寝ることの苦しさよ

前者は田辺福麻呂《さきまろ》の歌集所収歌。この歌集のうたはすべて福麻呂自身の作と推定されている。「布当」は現存しない地名だが、享保二一年（一七三六）刊行の地理書『山城志』では「布当川一名和束川《わづかがは》」とする。*14「三香原」が冠される以上、その周辺であることは確実だろう。この地がたいへん清らかであったので、

＊14 『大日本地誌大系　十八』（雄山閣、一九二九年）

聖武天皇は宮都に定められたのだと賛嘆する。

後者は大伴家持が阿倍女郎《いらつめ》に贈ったうた。女郎は平城京に残っていたのだろう。直後にはやはり家持作の「久邇の京《みやこ》より奈良の宅《いへ》に留まれる坂上大嬢《さかのうへのおほいらつめ》に贈る歌」（巻八・一六三二）も載る。相手が平城京にいるからこそ、「今造る久邇の都」と断ったうえで、自分が共寝する相手のいないことを嘆くのである。遷都は十二月のことなので、その翌年秋の作だろう。

都への讃歌と単身赴任の嘆き、うたの性格は大きく異なる。しかし、いずれの場合も、京都の地が旅中におけるかりそめの生活空間ではなくなったことを指示する作とはいえる。そうなると、風雅の情も芽生えてくる。

鹿脊《かせ》の山木立を繁み　朝去らず来鳴《きな》き響《とよ》もすうぐひすの声（巻六・一〇五七）

鹿脊の山は木々が鬱蒼としているので、毎朝やって来て、鳴き響かせているうぐいすの声よ

狛山《こまやま》に鳴くほととぎす　泉川渡りを遠みここに通はず（同・一〇五八）

狛山に鳴くほととぎすは、泉川の渡り場が遠いので、ここに通って来ない

いずれも福麻呂の作歌。鹿脊山は木津町にあり、狛山は山城町の神童寺山あたりの山並をさす。うぐいすは春、ほととぎすは夏の代表的な景物として、平安和歌にも継承されていく。どちらも平城京遷都以降に歌材として定着しており、中国六朝《りくちょう》詩の影響が指摘される文華の景物であった。*15 遷都によって三香原の地は、平城京に準じる風雅の都として位置づけられたわけである。

『萬葉集』における恭仁京

では、そのような認識は長く継続されたのかというと、これは否と言わなければならないだろう。恭仁京を「清み」といい、ほととぎすやうぐいすの彩る地として讃美した福麻呂自身が、紫香楽宮への遷都の後、「春の日に、三香原の荒墟《くわうきよ》を悲しび傷《いた》みて作る歌」と題されたうたでは、以下のようにこの宮都を詠むからである。

三香原久邇の都は荒れにけり　大宮人《おほみやひと》のうつろひぬれば（巻六・一〇六〇）

*15　辰巳正明「持統朝の漢文学―梅と鴬の文学史」（『万葉集と中国文学』笠間書院、一九八七年）、芳賀「大伴家持―ほととぎすの詠をめぐって」（『萬葉集における中国文学の受容』塙書房、二〇〇三年　初出・一九八七年）

恭仁の都もすっかり荒れ果ててしまった。ここに住まった宮廷の人々も、陛下に従ってこの地を離れてしまったから――福麻呂はそう慨嘆する。このうたで福麻呂が「荒る」という語をもちいていることに注意したい。

楽浪《ささなみ》の国つ御神《みかみ》のうらさびて　荒れたる都見れば悲しも（巻一・三三）
楽浪の国の神の力が衰えて、荒廃した旧都を見れば悲しいことだ

高光る我が日の皇子の座《いま》しせば　島の御門《みかど》は荒れざらましを（巻二・一七三）
（高光る）我が日の皇子がもしもご健在であったのなら、島の宮は荒れなかったであろうに

前者は高市黒人《たけち》の作。壬申の乱で灰燼《かいじん》に帰した近江大津京を、十数年が経過した持統朝の時代（六九〇年～六九七年）に悲傷する作である。後者は天武・持統の嫡男であり、早世した皇太子の草壁皇子（日並皇子尊《ひなみのみこのみこと》）への、彼に仕えた舎人たちの挽歌群（巻二・一七一～一九三）中の一首。「島の御門」とは草壁の居所であった島の宮のことで、その宮の荒廃を嘆く。主人の死去が、宮の荒廃した理由として提示されている。

翻って、「久邇の都」の主人である聖武はこの地を離れただけである。また、天平一八年（七四六）には大極《だいこく》殿《でん》が国分寺に施入されるとはいえ、戦火に消えた大津京のような異常な荒廃事情が存するわけでもない（図2参照）。にもかかわらず、恭仁京は「荒る」とされる。平城京への遷都によって過去の宮都となった飛鳥の地が、山部赤人によって「……明日香の古き都は　山高《だか》み川とほしろし　春の日は山し見が欲し　秋の夜は川しさやけし……」（巻三・三二四）と美しい叙景によって称美されることを思えば、その違いは明白であろう。飛鳥は上代の人々にとって、思慕すべき故郷の地であった。[*16]

　対してこの三香原は、聖武天皇の遷都によって平城京に次ぐ風雅の都となるが、再度の移転によって、ふたたび感興の対象から離れていく、そういう地であったといえる。福麻呂の「荒れにけり」という嘆きには、そのあたりの事情が集約されている。[*17]

図2　山城国分寺跡（恭仁京跡）

おわりに

以上、『萬葉集』を主たる対象として、上代における京都の文学のありようを述べた。宇治は古くから親しまれた地であり、相楽郡の一帯も『萬葉集』ではある程度、詠歌の対象としてその姿を見せている。後者は恭仁京の終焉とともに文華から遠ざかることになる。その一方で、宇治は「宇治橋」など『古今集』以降の平安和歌の歌枕として、また『蜻蛉日記』や『源氏物語』といった散文作品の舞台に向けて命脈を保つ。小さな命脈ではあるが、たしかに、上代文学が京都において息づいていた証といえよう。平安朝文学が京都の地で花開くその先蹤として、上代文学は位置づけることができるのである。

付記　『萬葉集』の引用は、木下正俊『萬葉集ＣＤ－ＲＯＭ版』（塙書房、二〇〇一年）により、適宜表記は改めた。なお、引用に際しては『萬葉集』の巻数と国歌大観番号を（　）に入れてしめした。

＊16　上野誠「故郷・飛鳥思慕の文芸」（『古代日本の文芸空間　万葉挽歌と葬送儀礼』雄山閣、一九九七年　初出・同年）

＊17　前掲＊1芳賀は「橘諸兄の無念さまで伝わってくるようだが、これは思い過ごしであろうか」と述べる。福麻呂は諸兄に扈従している（巻十八・四〇三二左注）から、福麻呂の一通りでない嘆きには、このあたりの事情も加味されてよいだろう。

『古今和歌集』——歌枕でたどる京の都

恵阪友紀子

はじめに

なぜ古典を読むのか。この問いに明確な答えを持っている人はそれほど多くないだろう。しかし、春になれば桜を心待ちにする人は多い。双眼鏡を片手に標準木のつぼみを観察する職員を固唾を飲んで見守り、開花宣言を待つ。なぜこれほど桜に心ひかれるのか。なぜ花見をするのか。そもそも、花見といえばなぜ桜なのか。

古典文学では単に「花」といった場合、多くは桜を意味する。『古今和歌集』(以下、『古今集』と略称)の春部(上下二巻)には一三〇首ほどの歌が収載されるが、その多くは桜を詠んだものだ。今も昔も変わらず桜に魅了されてきたのがよくわかる。

春になると桜の名所に人々が押し寄せる。我が家の近くには平野神社（京都市北区平野宮本町）がある。境内には様々な桜が植えられているが、その始まりは寛和《かんな》元年（九八五）の花山天皇のときだそうで、平安貴族にも桜の名所として親しまれた。以降、江戸時代には庶民にも開放され「平野の夜桜」として広く知られるようになり、現在でも見物客が観光バスで大挙してやってくる。

世の中にたえて桜のなかりせば春の心はのどけからまし（春上・五三）

この世の中にもし桜が存在しなかったとしたら、春の人々の心はどれほど穏やかであったことだろうか。

なまじ桜があるばかりに、風が吹けば散ってしまう、雨が降ればまた花が落ちると、心配ばかりでちっとも落ち着かないではないか。花の心配ばかりしなければならないので、いっそなかったら……というのだが、なければないでさみしい。この歌を詠んだ在原業平《ありわらのなりひら》も「なかりせば」といいつつ、本当に桜がなければと思っているわけではない。

時代や習慣、言葉は変わっても花を愛でる気持ちは変わらない。ここに古典を読む意味の一つがあるのではないだろうか。

かなと文学

「中古」とは文学史上の時代区分で、平安時代（平安遷都から鎌倉幕府成立まで）を指す。この時代には、漢文学の影響を受け入れつつ、「かな」を使用した貴族を中心とした文学が花開く。上代、『万葉集』が編纂されて以降、和歌はしばらく日陰に追いやられる。平安遷都を行った桓武天皇は唐にならって都造りや政治などを行った。その流れを引き継いだ平城《へいぜい》天皇・嵯峨天皇・淳和天皇は漢詩文を愛好し、宮中でも漢詩文がもてはやされ、和歌は公式の場から姿を消した。

初めて編纂された勅撰和歌集といえば『古今集』であることはよく知られているが、「勅撰」つまり天皇の勅命で初めて編纂されたのは和歌集ではない。弘仁《こうにん》五年（八一四）ごろ、嵯峨天皇の命によって編纂された漢詩集『凌雲集《りょううんしゅう》』（正式名称は『凌雲新集《りょううんしんしゅう》』）である。次いで同九年（八一八）には『文華秀麗集《ぶんかしゅうれいしゅう》』、天長《てんちょう》四年（八二七）には淳和天皇の命で『経国集《けいこくしゅう》』が編まれた。勅撰三漢詩集といわれるこれら三作品が平安時代初期に相次いで誕生するほど漢詩文が好まれていた。

しかし、漢詩全盛期はそう長くは続かず、寛平《かんぴょう》年間（八八九〜八九八）ごろには、左右に分かれて歌の優劣を競う歌合《うたあわせ》の記録が見え始め、同五年（八九三）には菅原道真《すがわらのみちざね》撰と目される『新撰万葉集』が編纂された。これは和歌を七言絶句に翻案したもので、和歌は万葉仮名風に表記されるが、和歌と漢詩が並列して編纂された画期的な集であった。また、翌年には大江千里《おおえのちさと》が漢詩を題にして和歌を詠んだ『句題和歌《くだいわか》』（『千里集《ちさとしゅう》』とも）を編んでいる。このように和歌がじわじわ復興し始めたころ、同六年（八九四）に遣唐使が廃止される。これによって中国の影響が薄れ、和歌をはじめとする国風文化が花開いてくる。

さて、和歌の発展にも大きく関わるのが「かな」の発明である（図1参照）。『万葉集』は漢字の発音や意

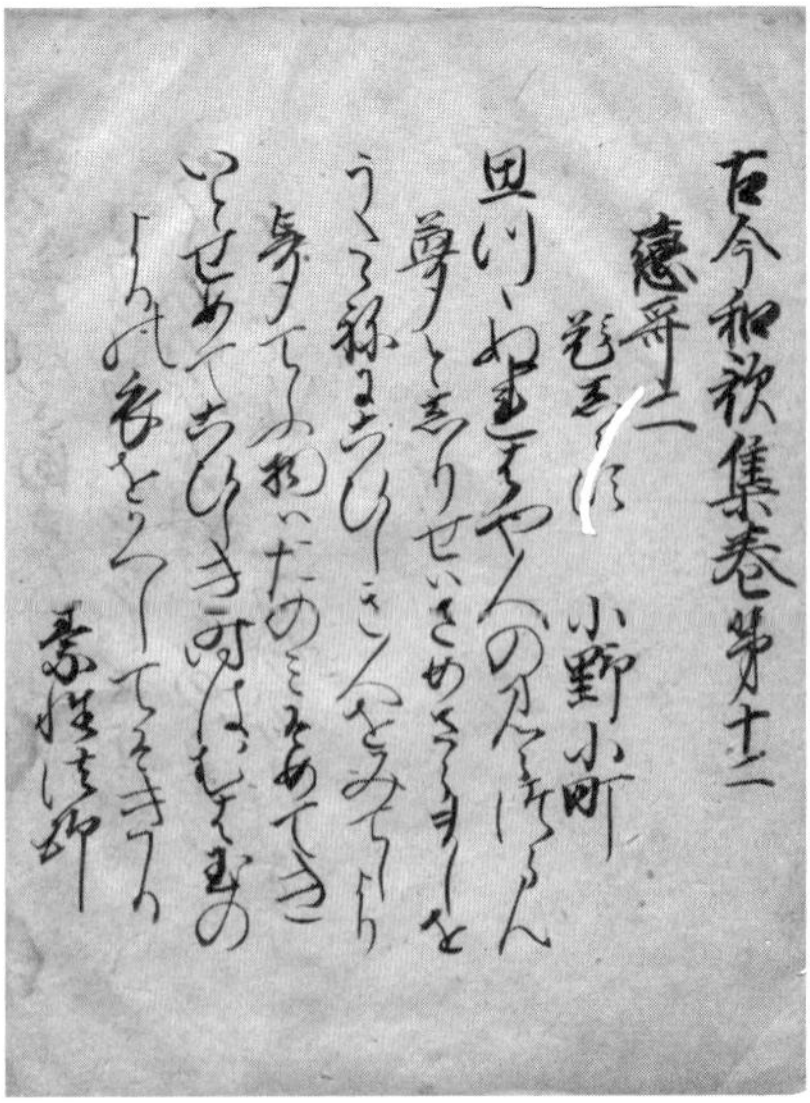

図1　『古今和歌集』巻12・恋2巻頭（室町時代写、個人蔵）

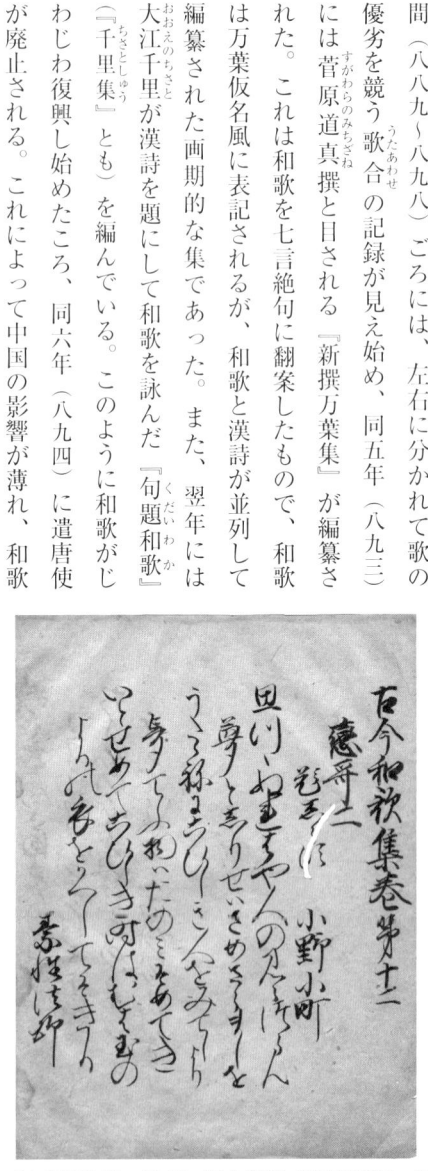

味を借りて表記する「万葉仮名」が用いられていたが、これでは十分に大和言葉（日本語）を表記することはできなかった。そこで、漢字をくずし書きにした草仮名や平仮名が開発されてきたのである。「かな」を手に入れたことで自在に言葉を表記できるようになり、『万葉集』のころにはあまり見られなかった掛詞や縁語などが多用され、歌の修辞法が洗練されていく。

平安時代、都が京に遷《うつ》ったことで、和歌には多くの京都の地名が詠まれるようになる。歌に詠まれた名所を歌枕《うたまくら》という。

歌枕とは

歌枕に関する論は多い。中島光風「「歌枕」原義考證」[*1]は『能因歌枕《のういんうたまくら》』[*2]『新撰《しんせん》髄脳《ずいのう》』[*3]など歌学書の用例を詳細に検討し、歌枕とは何かを論じている。また、片桐洋一『歌枕うたことば辞典　増訂版』[*4]は八〇〇語以上の歌枕や歌語を和歌の用例を挙げて解説した辞書で、同書所収「概説歌枕歌ことば」には枕詞との関係、掛詞・序詞との関わりなどが詳述されている。引用歌作者略伝、名所歌枕一覧、歌語（歌枕）索引などが付録していて使いやすい。

注

＊1　『上世歌学の研究』（筑摩書房、一九四五年）

＊2　平安時代中期に編纂された歌学書。編者は能因（歌人、俗名橘永愷）。歌語・枕詞や各地の名所の名、月ごとの歌の題材を記す。

＊3　平安時代中期に編纂された歌学書。編者は藤原公任。

＊4　笠間書院、一九九九年

歌枕の詳細についてはこれらの書籍を読んでいただきたいが、今簡単に説明しておく。歌枕といえば、現在では名所・旧跡をいうことが多いが、本来は歌に用いられる題材を広く指していた。『能因歌枕』*5には、

天地をば、あめつちといふ。道、たまほことといふ。……

天地のことは「あめつち」という。道は「たまほこ」という。……

というように、歌に詠まれる言葉を記す。また、『梁塵秘抄《りようじんひしよう》』*6（巻二・四三二）にも、

春の初めの歌枕　霞《かすみ》　鶯《うぐひす》　帰《かへ》る雁《かり》　子《ね》の日《び》青柳《あをやぎ》梅《むめ》桜《さくら》　三千年《みちとせ》になる桃の花

春の初めに詠まれる歌枕　霞・鶯・北に帰る雁　子の日・青柳・梅・桜　三千年に一度実のなる桃の花。

とあり、「霞」「鶯」などの景物や「子の日」*7の行事なども歌枕として挙げている。このように、もとは歌に用いられる言葉を広く指していた。しかし、能因より半

*5　本文の引用は、『日本歌学大系1』（風間書房、一九五七年）によった。訳は私に付した（以下同じ）。

*6　平安時代末期に編纂された歌謡集。編者は後白河院。もとは二〇巻あったようだが、大半は散逸し、現在は一部のみが伝わる。本文の引用は、新編日本古典文学全集42『神楽歌　催馬楽　梁塵秘抄　閑吟集』（小学館、二〇〇〇年）によった。

*7　陰暦正月の最初の子《ね》（十二支の一つ）の日。この日に人々は野に出て若菜を摘んだり、小松の根を引いたりした行事。『百人一首』光孝天皇の「君がため春の野に出でて若菜つむわが衣手に雪は降りつつ」はこの行事を詠んだもの。

世紀ほど後、源俊頼《みなもとのとしより》が編纂した『俊頼髄脳《としよりずいのう》』*8には「世に歌枕といひて所の名かきたる物あり」（世間には歌枕といって地名を書いた物がある）とあるように、歌枕は名所が書かれた書物とされている。

さて、『古今集』に詠まれる歌枕のうち、京都の地名に関わるものを拾い上げてみよう。（ ）内の番号は歌番号。

泉川《いづみがは》・鹿背山《かせやま》・瓶《みか》の原（四〇八）　宇治橋（八二五）*9　宇治山（九八三）
音羽山（一四二・二五六・三八四・四七三・六六四・一〇〇二）
音羽川（七四九）　音羽の滝（一〇〇三・一一〇九）
大沢の池（二七五）　大原（大原野）*10・小塩山《をしほやま》（八七一）
大井川（一一〇六・墨消歌）　亀の尾（三五〇）
賀茂の社（四八七・一一〇〇）　清滝《きよたき》（九二五）
くらぶ山（三九・一九五・二九五・五九〇）　白川（六六六・八三〇）
橘の小島《こじま》の崎（一二一）　常盤山《ときはやま》（一四八・二五一・三六二・四九五）
鳥羽（六九六）　深草（八三一・八三二・九七一）
御手洗川（五〇一）　淀（五八七・七五九）*11　山科（六六四・一一〇九）

*8　平安時代後期、永久元年（一一一三）頃に成立した歌学書。編者源俊頼は天喜三年（一〇五五）から大治四年（一一二九）ごろの歌人。関白藤原忠実の依頼で泰子（のち鳥羽天皇の皇后）のために著した作歌手引き。本文は、『日本歌学大系1』（前掲*1）によった。

*9　『古今集』にはほかに、「宇治の橋守」（九〇四）、「宇治の橋姫」（六九八）を詠んだ歌がある。

*10　歌では「大原」、詞書には「大原野」とある。

*11　恋四には「淀川」（七二一）を詠み込んだ歌があるが、これは「あすかの河のよどみ」（七二〇）と詠む歌に対する返歌であるため、固有名詞としてではなく、よどんだ河の意とみておく。また、物名にも「淀川」（四六一）が詠まれる。

山城（六九六・七五九）　井手《ゐで》（一一二五）　小倉山《をぐらやま》（四三九）

以上、二七の地名が詠まれ、ほかに「紙屋川」（四六〇）「淀川」（四六一）「粟田《あはた》」（一一〇五）が物名《もののな》*12として詠み込まれている。

これらの歌枕はどのように詠まれてきたのか、複数の詠まれたものを中心に見ていこう。

常盤山

特定の山を指すのではなく、京都市右京区の鳴滝・北嵯峨一体の山の総称である。左大臣　源　常《みなもとのときわ》　の山荘があったことからの名という。さて、常盤山を詠んだ歌は四首ある。

もみぢせぬときはの山は吹く風の音にや秋を聞きわたるらむ（秋下・二五一）

紅葉しないという名の常盤山では、吹く風の音だけで秋が来たことを知るのだろうか。

*12　題材とする物の名前を前後の言葉の意味とは関係なく詠み込むこと。隠し題。「うばたまのわが黒髪や変はるらむ鏡の影に降れる白雪」（私の黒髪が変わったのだろうか。鏡に映る姿に降っている白雪は）の「髪や変は」に「紙屋川」が隠されている（清濁は無視してよい）。

秋くれど色もかはらぬときは山よそのもみぢを風ぞかしける（賀・三六二）

秋が来てもその名の通り、木の葉が色変わりしない常盤山には、遠くの山の紅葉を風がお供えしているよ。

「常盤」は「常磐」とも書く。常に変わらない岩の意から、永遠に続くことをいう。また、常緑樹で、葉が色変わりしないことをいう。ここに挙げた二首は「常盤山」の名の通り、常緑の山であるから「もみぢせぬ」「秋くれど色もかはらぬ」と詠む。「名にし負はばいざこととはむ都鳥わが思ふ人はありやなしやと」（名前に都とあるのだから知っているはずなので聞いてみよう、都鳥よ、私の大事な人はあのままでいるのかどうかと）（羇旅《きりよ》・四一一）のように、名前と関連付けてその面白さが詠まれるのである。

思ひ出づるときはの山のいはつつじ言はねばこそあれ恋しきものを

（恋一・四九五）

あなたのことを思い出す時は、あの常盤山の岩つつじではないけれど、口に出して言わないことはあっても、あなたのことが恋しくてたまらないのだけれど。

「常盤」に「時は」を掛け、さらに「岩《いは》つつじ」の「岩」から「言《い》は」を導く。同音を繰り返すことでリズムが生まれる。

思ひ出づるときはの山のほととぎす韓紅《からくれなゐ》にふり出《い》でてぞ鳴く

（夏・一四八）

こちらの歌も「時は」を掛ける。この歌は夏の歌であり、何を思い出すのかはっきりしない。しかし、「紅《くれなゐ》のふり出でてつつなく涙には袂《たもと》のみこそ色まさりけれ」（紅の色を振りだして染め物をするように、血を振り絞って泣く涙によって、袂だけがとくに色が濃くなっていることです）（恋二・五九八）の歌があるように、「紅」「ふり出で」「なく」の語からは恋を連想させる。一四八番歌は先に挙げた四九五番歌と同じ趣向で詠まれた歌であり、四九五番歌が恋の歌であることから、一四八番歌も恋に嘆く歌ととらえられるだろう。そうすると、歌の意味は「あなたのことを思い出す時、常盤山に住むほととぎすが真っ赤な血を吐きながら無理に声を振り絞って鳴いている、そのように私もあなたに逢えない苦しみで泣いているのです」となる。

常盤山を詠んだ歌は、常盤から常緑を導き、「時は」を掛けるなど言葉遊びを楽しむ。その一方、「色も変はらぬ」と言いながら「もみぢ」を詠み、「岩つつじ」を詠む。「岩つつじ」は岩間に生えるつつじで、淡い紅色である。「もみぢ」「岩つつじ」「韓紅」など赤色を詠み込むことで常盤の常緑との鮮やかな対比が表現されている。

音羽山（川・滝）

京都市山科区と滋賀県の境にある山で、逢坂山《おうさかやま》に続く。逢坂山にある関所は東国から都への入り口であり、別れの思いが詠まれることが多い。ところで、現在、音羽と聞くと東山区の東山三十六峰の一つで清水寺を思い浮かべる人も多いのではないだろうか。清水寺は山号（寺院の付す称号）を音羽山といい、音羽の滝が流れている。

『古今集』の中で音羽山を探すと、「石山にまうでける時、音羽山の紅葉を見てよめる」（二五六詞書）とある。滋賀の石山に行く時に通るのは山科の音羽山である。「音羽山にて人を別《わか》るとて」（三八四詞書）とあるのも逢坂の関での別れを詠んだものである。また、『歌枕名寄《うたまくらなよせ》』[*13]では、「山階篇《やましな》」に「音羽（山・河・里・付瀧）」とあるので、『古今集』にみえる音羽山は山科をいう。

音羽山おとに聞きつつ逢坂の関のこなたに年をふるかな（恋一・四七三）

音羽山ではないけれど、音に聞く（噂に聞く）ばかりで、逢坂の関ならぬ逢うための関所のこちら側で、年を過ごしていることです。

山科の音羽の山のおとにだに人のしるべくわが恋ひめかも（恋三・六六四）

山科の音羽の山ではないけれど、音に出して他人が気づくほど私はおおっぴらに恋をしたりするでしょうか。音も立てずにこっそり恋い慕っています。

これらの二首はどちらも恋の歌であり、音羽山そのものではなく、「音」を言い出すために枕詞《まくらことば》的に用いられる。

音羽山けさこえくればほととぎす梢《こずゑ》はるかに今ぞ鳴くなる（夏・一四二）

音羽山を今朝越えてくると、ほととぎすが梢よりもはるかに高いところから、

＊13　鎌倉末期の歌学書。編者は澄月（伝未詳）。全国を五畿七道六八カ国にわけ、それぞれの歌枕とそれを詠み込んだ歌を列挙する。本文の引用は、宮内庁書陵部蔵『歌枕名寄』（五〇六・一二七）によった。

今まさに鳴いているよ。

音羽山木高《こだか》くなきてほととぎす君が別れを惜しむべらなり（別離・三八四）

音羽山の梢高いところで鳴いているほととぎすまでもが、あなたとの別れを惜しんでいるようです。

この二首のように、ほととぎすが詠まれることも多いが、詠まれるのは鳴き声、つまり音である。

秋風のふきにし日よりおとは山峰のこずゑも色づきにけり（秋下・二五六）

秋風が吹き始めた日から風の音がする音羽山では、峰の梢がきれいに色づいたなあ。

この歌でわざわざ「風」を詠み込むのは、やはり木の葉を吹き抜ける風が「音」をたてるからであろう。音羽山といえば「音」を詠む。

図 2　鞍馬山の「木の根道」

図 3　貴船の「蛍岩」

くらぶ山（暗部山）

『和歌初学抄』[*14]や『八《や》雲《くも》御抄《みしょう》』[*15]では山城の名所とし、京都市左京区にある鞍馬山の古称とされる（図2参照）。しかし、『能因歌枕』には伊賀の名所として取り上げられている。『古今集』では歌のみならず詞書にも鞍馬山の名は見えないが、くらぶ山を詠んだ歌は四首ある。

わが恋にくらぶの山の桜花間なく散るとも数はまさらじ（恋二・五九〇）

私の恋と比べてみたら、くらぶ山の桜花がどれほど絶え間なく散ったとしても、その数は私にはまさらないだろう。

この歌では「くらぶ山」に「比《くら》ぶ」を掛けて詠むが、多くの場合は暗いことを掛けて詠む。

梅の花にほふ春べはくらぶ山やみに越ゆれどしるくぞありける（春上・三九）

＊14 平安時代後期の歌学書。著者の藤原清輔は長治元年（一一〇四）から治承元年（一一七七）の歌人。歌語や地名を一二〇の項目に分けて解説したもの。

＊15 鎌倉時代前期の歌論書。編者は順徳天皇（第八四代天皇）。在位は承元四年（一二一〇）から承久三年（一二二一）。先行する歌論書や歌学書の内容をまとめ、独自に分類編集したもの。歌体や歌病、詠作・歌人などの論のほか、名所の出典などを示す。

梅の花が咲き匂うくらぶ山は、闇夜に越えたとしても、梅の香りによって道がはっきりわかるだろう。

梅の花は香りが強い。そのため、

春の夜《よ》の闇はあやなし梅の花色こそ見えね香《か》やは隠るる（春上・四一）

春の夜の闇は何がしたいのかわけがわからない。梅の花の色こそ闇には隠れてしまうが、香りを隠すことはできないのだから。

というように、闇夜にも紛れることはない。三九番歌や四一番歌では真っ暗なくらぶ山と、その暗闇でも隠しきれない梅が対比されている。

秋の夜の月の光しあかければくらぶの山も越えぬべらなり（秋上・一九五）

秋の夜の月の光はとても明るいので、真っ暗なくらぶ山でも迷わずに越えられそうだ。

こちらも暗いことを掛け、明るい月と対照的に詠まれる。梅や月などと比較することでくらぶ山の暗さが強調される。

一方、鞍馬山を詠んだものには次の歌がある。

五月闇《さつきやみ》くらまの山のほととぎすおぼつかなしや夜半の一声（清正集《きよただしゅう》・一二三）

五月雨の降る夜の暗闇のなか、鞍馬山のほととぎすの姿ははっきりしないことだ。夜中の一声はするけれど。

くらぶ山も鞍馬山も暗い場所として詠まれる点が共通する。『歌枕歌ことば辞典増訂版』では、「くらぶ山」を歌語[*16]、「鞍馬山」が一般語として用いられたのではないかと推測する。

*16　和歌を詠むときに用いられる語。たとえば、「衣」や「猿」は日常語としては「きぬ」「さる」だが、歌では「ころも」「ましら」とするようなもの。

終わりに

『古今集』には数々の京の歌枕が詠まれるが、嵐山や貴船など、現在観光地としてよく知られる地名は出てこない。嵐山は、「朝まだき嵐の山の寒ければ紅葉の錦着ぬ人ぞなき」（朝早く、嵐山では山から吹き下ろす風が寒いので、散ってくる紅葉を錦の衣として着ない人はいない）（拾遺集・秋・二一〇・藤原公任《ふじわらのきんとう》）のように平安中期ごろの歌には散見するようになる。貴船も、和泉式部の「物思へば沢の蛍もわが身よりあくがれ出づる魂《たま》かとぞ見る」（物思いにふけっていると、沢に飛び交う蛍が私の身からさまよい出た魂かと思われることです）（後拾遺集・神祇・一一六二）[*17]の歌以降に詠まれるようになる歌枕である（図3参照）。

『古今集』に見える京の歌枕は景色の美しさだけを詠むものではない。先に述べたように、平安時代初期は「かな」が生み出されたころであり、多彩な掛詞が生み出されるようになってきた時期である。常盤山といえば、常緑または「時は」を掛け、音羽山は「音」、「くらぶ山」の「くら」から「暗し」のように、歌枕を詠む主眼は、掛詞の面白さにあると言ってよいだろう。

付記　『古今集』などの歌の引用及び歌番号は『新編国歌大観』により、適宜漢字仮名を私に整えた。

＊17　『後拾遺集』の詞書に「男に忘れられ侍りけるころ、貴船に参りて御手洗川に蛍の飛び侍りけるを見てよめる」（男に捨てられていた時、貴船神社に参詣し、そこの御手洗川に蛍が飛んでいるのを見て詠んだ歌）とある。『後拾遺集』には貴船明神の返歌が載せられているが、そこから復縁できたとの説話が広がり、縁結びの神としても知られるようになる。

『源氏物語』――光源氏の「涙の滝」と義経の「涙の滝」

須藤　圭

『源氏物語』と京都

京都は、いったい、どのような場所といえるだろうか。京都のイメージを形づくる文学のひとつに、平安時代中期、紫式部によって書かれた『源氏物語』がある。稀代の貴公子・光源氏を主人公にしながら、宮中で育まれた華やかな王朝文化を描いたこの物語は、いうまでもなく、京都を舞台にする。そのため、この歴史の延長線上に位置する京都は、「王朝文化の薫りをいまにとどめるまち」と捉えられることも多い。

たとえば、現在、京都市の南に位置する宇治市には、「宇治十帖古跡《うじじゅうじょうこせき》」と呼ばれる観光スポットがある。[*1] 宇治十帖とは、『源氏物語』の後半部分、第四五帖・橋姫巻から第五四帖・夢浮橋巻までの十帖を指し、光源氏の亡きあと、宇治を主な

注

*1 『源氏物語』と宇治のかかわりについては、宇治文庫2『平安時代の宇治』（宇治市教育委員会、一九九〇年）、宇治市歴史資料館図録『宇治名所図会―旅へのいざない―』（宇治市歴史資料館、一九九八年）、安藤徹「『源氏物語』のまち・宇治　史蹟と観光文化」（叢書・〈知〉の森5『源氏文化の時空』森話社、二〇〇五年）、高木博志「古典文学と近代京都をめぐる素描―名所の女性化と源氏物語千年紀―」（『歴史評論』七〇二、二〇〇八年一〇月）などに詳しい。

舞台として展開される、薫《かおる》やその愛を受けた浮舟《うきふね》たちをめぐる悲恋の物語をいう。「宇治十帖古跡」は、その名前のとおり、宇治十帖にもとづいて作られた十の古跡である。[*2]神社であったり、石仏であったり、石碑であったりと、形状はさまざまだが、宇治十帖の一つひとつの巻名を冠した「橋姫神社」「蜻蛉石」「夢浮橋巻之古跡」などを指す。宇治市を訪れた人々は、急流の宇治川を眺めながら、「橋姫神社」を訪れ、この物語の背後にある宇治の伝承を知り、「蜻蛉石」のそばで、浮舟の行く末を案じ、紫式部像と宇治川を背後にすえた「夢浮橋巻之古跡」の石碑のもとで、薫と浮舟の未来に想いを馳せる。宇治は、決して、華やかな宮中での生活を思い起こさせるものではないけれども、陰影のある、美しい王朝絵巻的な世界をイメージさせることだけは確からしい。

　宇治市だけではなく、京都市内にも、『源氏物語』とかかわりの深い場所は点在する。たとえば、京都市下京区には、『源氏物語』の登場人物である夕顔の墓とされる「夕顔塚《ゆうがおづか》」がある。『都名所図会《みやこめいしょずえ》』（安永九年（一七八〇）刊）[*3]にも掲載されていて、江戸時代以前から残る古跡といえる。夕顔は、柔らかく、控えめな女性で、光源氏の心を強く捉えるものの、物の怪に祟られ、あっけなく亡くなってしまった人物。人々は、「夕顔塚」のあたりを訪れるたびに、はかなく散った

*2 「宇治十帖古跡」が、いつ頃から存在したかはわかっていない。『平安時代の宇治』（前掲*1）は、『平等院旧起』（寛永一七年（一六四〇）成立）に「惣而、宇治十帖の名所あり。橋姫、椎本、角総、早蕨、東屋、宿木、浮舟、蜻蛉、手習、夢浮橋也。」（『平等院大観　第一巻　建築』岩波書店、一九八八年）とあることから、この頃には存在していたものと解き、安藤（前掲*1）も従うようだが、これは、宇治十帖の巻名を単に列挙したものと考えられる。宇治十帖にかかわる古跡だからといって、十の古跡が存在していなければならないわけではない。十の古跡として成立するのは、おそらく、近代以降のことだろう。後考を俟つ。

*3 『新修京都叢書　第六巻』（臨川書店、一九六七年）

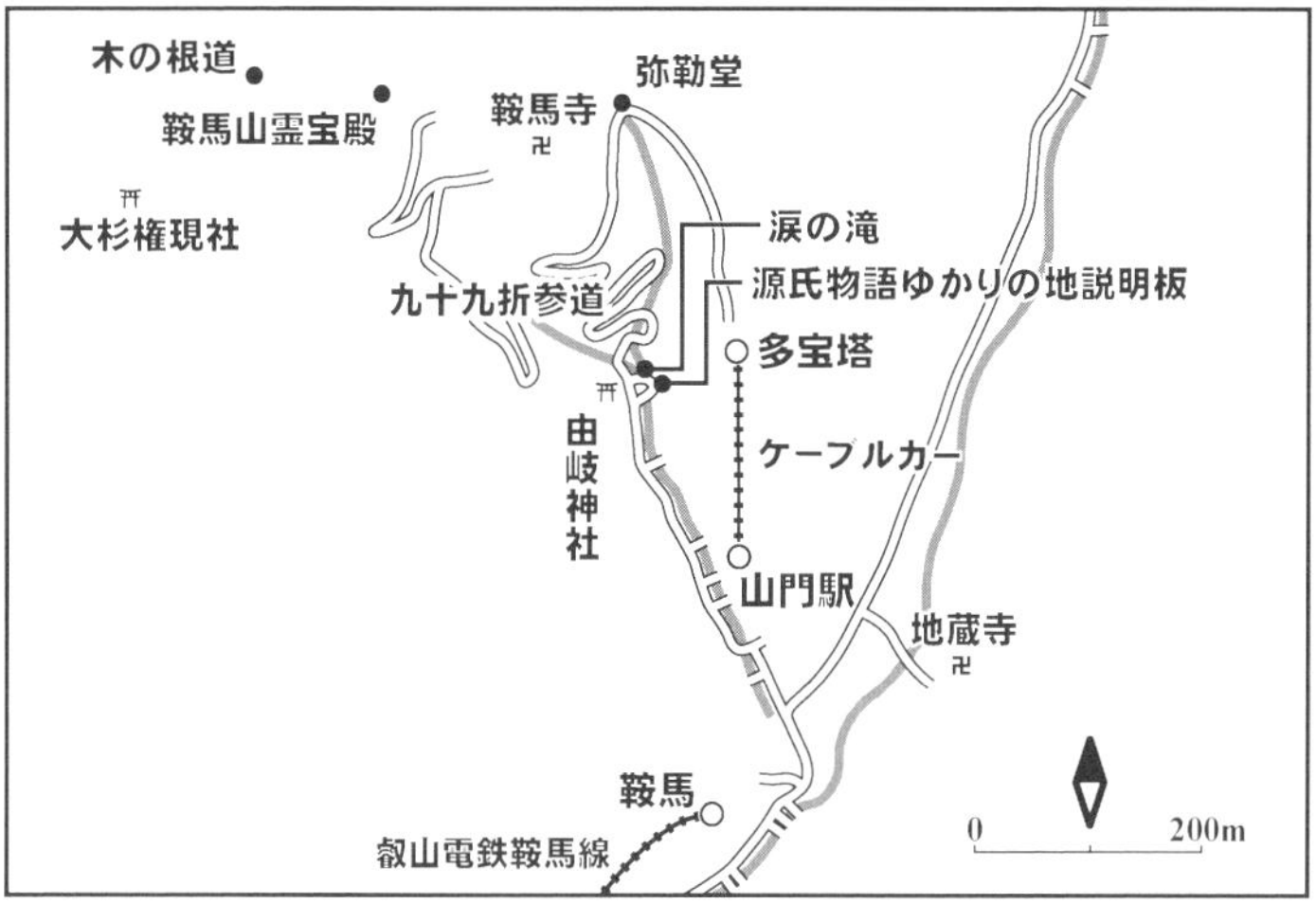

図１　「涙の滝」周辺図。鞍馬寺へ続く九十九折参道の途中に「涙の滝」がある。

図2　鞍馬山の「涙の滝」。由岐神社のそばで、静かに水を落としている（なお、図中に見える駒札は、2018 年 7 月の豪雨で流失したという）。

夕顔のことを思いだし、涙を流していた、と考えられる。

他にも、光源氏が恋仲であった六条御息所と別れを惜しんだという「野宮《ののみや》神社」や、『源氏物語』の終焉《しゅうえん》、第五四帖・夢浮橋巻にちなんで名づけられた泉涌寺《せんにゅうじ》付近の「夢の浮橋跡」、紫式部が『源氏物語』を執筆した邸宅跡に建つという「廬山寺《ろざんじ》」など、枚挙にいとまがない。これらは、『源氏物語』に深く関与する場所、すなわち、ゆかりの地と呼ばれ、京都のまちを彩っている。*4「王朝文化の薫りをいまにとどめるまち」という表現は、京都を語るうえで、欠かせない、大切な要素といってよい。*5

そうしたゆかりの地のひとつとして、鞍馬山の山腹に「涙の滝」と呼ばれる、小さな滝がある（図1・2参照）。この場所もまた、『源氏物語』や王朝文化を感受することのできる、優れて文学的な空間と認めることができる。

しかし、はたして、京都は、本当に「王朝文化の薫りをいまにとどめるまち」といえるのだろうか。この「涙の滝」をとりあげながら、考えてみることにしたい。

若紫巻の「北山」の風景

*4　『源氏物語』のゆかりの地を解説した書籍は、非常に多い。そうした中でも、加納重文『源氏物語の舞台を訪ねて』（宮帯出版社、二〇一一年）は、専門的知見からの考察が充実し、有益な情報も多く含まれている。

*5　もちろん、『源氏物語』のゆかりの地は、京都だけにみられるものではない。滋賀県の石山寺には紫式部が『源氏物語』を執筆した場所という「源氏の間」、奈良県の長谷寺近くには玉鬘が晩年に住んだという「玉鬘庵跡」（二〇一八年一一月、同地に「玉鬘神社」が創祀された）、佐賀県の唐津市には玉鬘が大夫監から身を隠したという「玉葛窟古墳」などがある。

『源氏物語』第五帖・若紫巻は、病にかかった光源氏が、その治療のため、高名な聖《ひじり》のもとを訪れるところからはじまる。

瘧病《わらはやみ》にわづらひたまひて、よろづにまじなひ、加持などまゐらせたまへど、しるしなくて、あまたたびおこりたまひければ、ある人、「北山になむ、なにがし寺といふ所にかしこき行《おこな》ひ人はべる。……」など聞こゆれば、……御供に睦《むつ》ましき四、五人ばかりして、まだ暁におはす。

やや深う入《い》る所なりけり。三月のつごもりなれば、京の花、盛りはみな過ぎにけり。山の桜はまだ盛りにて、入《い》りもておはするままに、霞のたたずまひもをかしう見ゆれば、かかるありさまもならひたまはず、ところせき御身にて、めづらしう思《おぼ》されけり。

光源氏は、瘧病をおわずらいになって、あれこれとまじないや、加持などをおさせになるけれども、効果がなくて、何度も発作をお起しになったので、ある人が、「北山でございますが、何々寺という所に優れた修行者がいます。……」などと申しあげるので、……お供に親しくお仕えする者を四、五人ほど連れて、まだ夜明け前の暗いうちにお出かけになる。

その寺は、少し山深く入った所にあった。三月の末のことだから、京の花は全て盛りを過ぎてしまっていた。山の桜はまだ盛りであって、だんだんと分け入って行かれるにつれて、霞のかかった景色も心惹かれて見えるので、こうした外出もほとんどおありにならないことだし、窮屈なご身分のことなので、珍しくお思いになるのだった。

聖が住んでいたのは、「北山」の「なにがし寺」だった。そして、そこは、三月の末にもかかわらず、桜の花がまだ満開に咲いていたともいう。この「北山」で、光源氏は、病を癒やすだけでなく、生涯をともにすることとなる若き紫の上にも出会う。のちに、半ば強引なかたちで自らの邸宅に引き取って養育することになるのだが、当初、紫の上を引き取りたいという光源氏の願いは聞き届けられず、その心は、ただひたすら、紫の上に固執するばかりだった。そうした「北山」での、ある明け方のくだり。

暁方になりにければ、法華三昧《ほけざんまい》おこなふ堂の懺法《せんぼふ》の声、山おろしにつきて聞こえくる、いと尊く、滝の音《おと》に響きあひたり。

吹き迷ふ深山《みやま》おろしに夢さめて涙もよほす滝の音《おと》かな

明け方になったので、法華三昧をお勤めするお堂の懺法の声の、山から吹きおろす風にのって聞こえてくることが、まことに尊く、滝の音に響き合っている。

お経を読む声をのせて吹き乱れる山おろしの風に、煩悩の夢からさめて、感涙をさそう滝の音ですよ。

光源氏は、自分じしんの心が煩悩で満たされているかのように感じていた。それは、前述した若き紫の上への執着と、それに加えて、藤壺女御への愛執も抱えこんでいたからに他ならない。藤壺女御は光源氏の父・桐壺帝の妻であり、愛することは罪でもあった。断ち切ることのできない二つの煩悩をもつ光源氏にとって、滝の音とともに、風にのって聞こえてくる法華経を読む声は、まことに荘厳で、心を打つものであったに違いない。

この「北山」の風景は、古来、絵画の主題としても盛んにとりあげられていたようで、数多の作例を見ることができる。いま、一例として、『源氏物語団扇《うちわ》画帖《がじょう》』(江戸時代前期画)を掲げた(図3参照)[*6]。小柴垣を隔てて、左側に女たち、

＊6　国文学研究資料館編『源氏物語　千年のかがやき』(思文閣出版、二〇〇八年)に、全図の図版と解説が収められている。

右側に男たちを配置し、畢竟《ひっきょう》、若き紫の上が「雀の子を犬君《いぬき》が逃がしつる、伏籠《ふせご》の中《うち》に籠めたりつるものを」（雀の子を犬君が逃がしてしまったの、伏籠の中に入れておいたのに）と訴える姿を光源氏にかいま見られる場面であることがわかる。看過できないことは、他の多くの作例と同様、この絵画にも、桜と滝が描きこまれている点である。思いかえしてみれば、前掲した場面において、「北山」という場所は、桜を媒介にしながら都との差異が強調されていたし、「北山」にあるという滝もまた、都にあっては易々と目にすることができるものではなかったはずだ。「北山」は、桜と滝という要素によって、都とは違う、異世界の山里として形づくられ、描かれていたのである。

図3 『源氏物語団扇画帖』若紫巻（江戸時代前期画、国文学研究資料館蔵）。右上に滝、右上と左下に桜が描かれている。

鞍馬山の「涙の滝」

ここまで、『源氏物語』第五帖・若紫巻に描かれた「北山」の様子をたどり、それを絵画化した作例を眺めてきた。ところで、この「北山」とは、いったい、どこを指すのだろうか。もちろん、物語である以上、架空の場所でしかないことは間違いないのだが、江戸時代前期には、「北山」が鞍馬山であり、そこにある「なにがし寺」は鞍馬寺である、という説が存在していた。*7

ある人北山になんなにがし寺〔細〕鞍馬寺とみえたり。〔河〕「北山にたな引雲のあを雲のほしわかれかく月もわかれて」万。此寺、鞍馬寺也。……〔孟〕鞍馬寺の事、……*8

『源氏物語』の注釈書のひとつである『湖月抄《こげつしょう》』(延宝元年(一六七三)跋)の注説を掲げた。『湖月抄』は、『河海抄《かかいしょう》』『細流抄《さいりゅうしょう》』『孟津抄《もうしんしょう》』といった古来の注釈書を引用し、「北山」の「なにがし寺」が鞍馬寺である、つまり、「北山」

*7 「北山」=鞍馬山説は、早く、南北朝時代の『河海抄』(貞治元年(一三六二)頃成立)に確認できる。また、鞍馬山とは異なる場所を比定する説もある。角田文衛・加納重文編『源氏物語の地理』(思文閣出版、一九九九年)、加納(前掲*4)参照。

*8 北村季吟古注釈集成8『源氏物語湖月抄 一』(新典社、一九七七年)

は鞍馬山である、という解釈を示している。同様の叙述は、『首書源氏物語』（寛文一三年（一六七三）刊）にも存在し、この時代に広く浸透していた説であったと推察される。

さらに、江戸の牢屋奉行であった石出常軒《いしでじょうけん》＊9の『所歴日記《しょれきにっき》』寛文四年（一六六四）四月一一日条になると、鞍馬山を訪れた折、「ひかる源氏の「涙もよふす」となかめ給ひし滝は、坂口にあり。それより「涙の滝」と云、となむ。」＊10（光源氏が「涙をもよおす」とご覧になった滝は、坂口にある。そこから「涙の滝」という、とある。）とする記事もみることができる。光源氏がその音を聞きとった「北山」の滝は、『湖月抄』や『首書源氏物語』の注説にみられた理解のもと、現実の鞍馬山にある滝とみなされ、光源氏の詠んだうたになぞらえて、「涙の滝」と呼ばれていたのだった。

以降、この理解は、近代まで継承されつづける。現在でも、「涙の滝」の傍らには、『源氏物語』第五帖・若紫巻を典拠にすることを明示した「吹き迷ふ」のうたが書かれた小さな駒札と、「源氏物語ゆかりの地説明板」が建てられている。＊11

『源氏物語』に描かれた「北山」の滝は、決して、現実に存在する場所ではない。『源氏物語』は、物語であり、フィクションだからだ。それにもかかわらず、

＊9　石出常軒（一六一五〜一六八九）。歌人・国学者。江戸で牢屋奉行を務め、晩年には、『源氏物語』の研究も進めて『窺原抄』を著した。玉林晴朗『伝記聚芳』「石出常軒と牢払ひ」（日本青年教育会出版部、一九四二年）、瀧善成「囚獄の国学者石出常軒の事績について」（『日本歴史』三〇六、一九七三年一一月）に詳しい。

＊10　史料京都見聞記1『紀行I』（法蔵館、一九九一年）

＊11　「涙の滝」の典拠を示した駒札は、図2に見えるもの（二〇一八年七月の豪雨で流失）。「源氏物語ゆかりの地説明板」は、二〇〇八年、源氏物語千年紀を迎えるにあたり、京都市が市内全四〇箇所に設置したもの。

あるはずのない「涙の滝」が生まれた背景には、第一に、物語の「北山」の滝は現実のどこかに存在するに違いない、という人々の強い想いがあったと考えられる。そして、第二に、現実の「京都」は物語に描かれたような王朝文化を背景にもっているはずだ、という思考もあったとみて間違いない。それは、「宇治十帖古跡」が生まれたり、「夕顔塚」が生まれたりしたことと同根である。『源氏物語』が現実であって欲しいとする想いと、現実が『源氏物語』のようであって欲しいとする想いは、表裏の関係にある。

光源氏から義経へ

「京都」という場所は、極めて複雑なプロセスを経て、構築される。「涙の滝」の考察を、さらにつづけてみる。

加賀藩士であった浅香久敬《あさかひさたか》は、*12 元禄一〇年（一六九七）から同一一年（一六九八）にかけて、また、元禄一五年（一七〇二）の二度、京都を訪れている。その滞在記『都《みやこ》の手《て》ふり』に、次のような一節がある。

*12　浅香久敬（一六五七～一七二七）。加賀藩士で前田綱紀に仕えた。国学者でもあり、『徒然草諸抄大成』などを著した。川平敏文『徒然草の十七世紀―近世文芸思潮の形成』Ⅳ3「浅香久敬―元禄加賀藩士の生涯」（岩波書店、二〇一五年　初出・『語文研究』九〇・九一、二〇〇〇年一二月・二〇〇一年六月）に詳しい。

先達をもとめ、鞍馬山へとおもむく。……前に、山おろしの瀧あり。あるうたに、

ふきまよふ深山おろしに夢さめてなみだもよほす瀧の音かな

とよみしよし。又、「むかし、源氏の君、わらはやみまじなひのため、のぼり給ひし何がしの寺といへるは、いづこのほどにて有し」とたづぬれば、先達、いとこゝろえぬ顔もちにて、「何と、源氏の君とは、たゞ今、をしへ申せし源牛若丸のことにてはさむらはぬにや」といふも、「いやしき里人には、よくも似付たり」とをもはる。（第六冊「九重のすさみ中之一追加」）

案内者を求めて、鞍馬山へ向かう。……目の前に、山から水が流れ落ちる滝がある。あるうたに、

お経を読む声をのせて吹き乱れる山おろしの風に、煩悩の夢からさめて、感涙をさそう滝の音ですよ。

と詠まれたものがある、という。また、私が「むかし、「源氏の君」が、わらわ病の治療のため、お登りになったなにがしの寺というのは、どのあたりにあったのでしょうか」と尋ねると、案内者は、たいへん納得できない表情をして、「何と驚くことに、その「源氏の君」とは、たったいま、お教えしました

「源牛若丸」のことではございませんでしょうか。いや、そうに違いありません」というのも、私には、「教養のない里人には、本当に似合っている」と思われたのだった。[*13]

浅香久敬の発言は、「吹き迷ふ」のうたが、『源氏物語』第五帖・若紫巻において、光源氏の詠んだうたであることを前提とする。そうだからこそ、病を治すために山に登ったという「源氏の君」とは、光源氏そのひとのことを指すといってよい。ところが、案内者は、『源氏物語』に関する知識を欠いていたのだろうか、この「源氏の君」のことを「源牛若丸」、つまり、源義経のことと勘違いしてしまっている。さらに、その口振りからは、「吹き迷ふ」のうたが、まるで、義経の詠んだうたである、と理解しているようにもうつる。

類似の事例として、『山州名跡志《さんしゆうめいせきし》』（正徳元年（一七一一）刊）には、「〇涙《ナミタ》ノ瀧　由木ノ社ノ北楓《カヘデ》ノ古木ノ傍落ツレ東ニ　伝ヘ云フ和歌アリ。其ノ歌ハ則チ牛若丸此瀧ヲ読《ヨメ》ル由《ヨシ》。土人ノ云《イフ》ハ非《ヒ》也《ナリ》。此ノ歌ハ　源氏物語ニ出ツ　源氏若紫《ワカムラサキ》ノ巻《マキ》ニ云ク。……」[*14]とあり、土着のひとの語ったことがらとして、「吹き迷ふ」のうたが義経の詠歌として捉えられていた様子が描きだされているし、幕府から派遣された巡

*13　国立国会図書館蔵浅香久敬自筆稿本（請求記号　一〇六・一八）

*14　『新修京都叢書　第一五巻』（臨川書店、一九六九年）

見使によって書かれた『京師順見記《けいしじゅんけんき》』の明和四年（一七六七）閏九月一八日条にも、「義経、東光坊にて勤学の時、朝な〳〵、此瀧にて手水有し由、折から哥を詠しられし由也。……この哥より「泪の滝」といふ由也。」[*15]と、同様の理解が示される。ここでは、いっそうはっきりと、光源氏の詠んだはずのうたが、義経の詠んだうたへと入れかわってしまっている様子を確認できる。それにあわせて、光源氏の詠んだうたに由来する「涙の滝」もまた、義経の詠んだうたに由来する「涙の滝」として語りかえられている。

なぜ、義経の「涙の滝」が生まれ、語り継がれることになったのだろうか。このような混乱の要因には、余程、単純化してみれば、光源氏も、義経も、どちらも「源氏」であったことを考えてよい。鞍馬山という場所が、幼少期の義経があずけられていた場所と伝わり、深い関わりをもっていたことも挙げておくべきだろう。[*16]さらに時代を下っていけば、『鞍馬寺案内』（大正一五年（一九二六）刊）に「義経ノ涙ノ瀧」という記述を発見することもできる（図4参照）。また、大正一三年（一九二四）一二月二日の『京都日日新聞』は、ときの皇后陛下（貞明《ていめい》皇后）が京都遊覧に来ていた折の記事を掲載するが、そこには、「牛若丸涙の瀧などお探り」とある。また、これにかかわって、『鞍馬図記』[*17]に

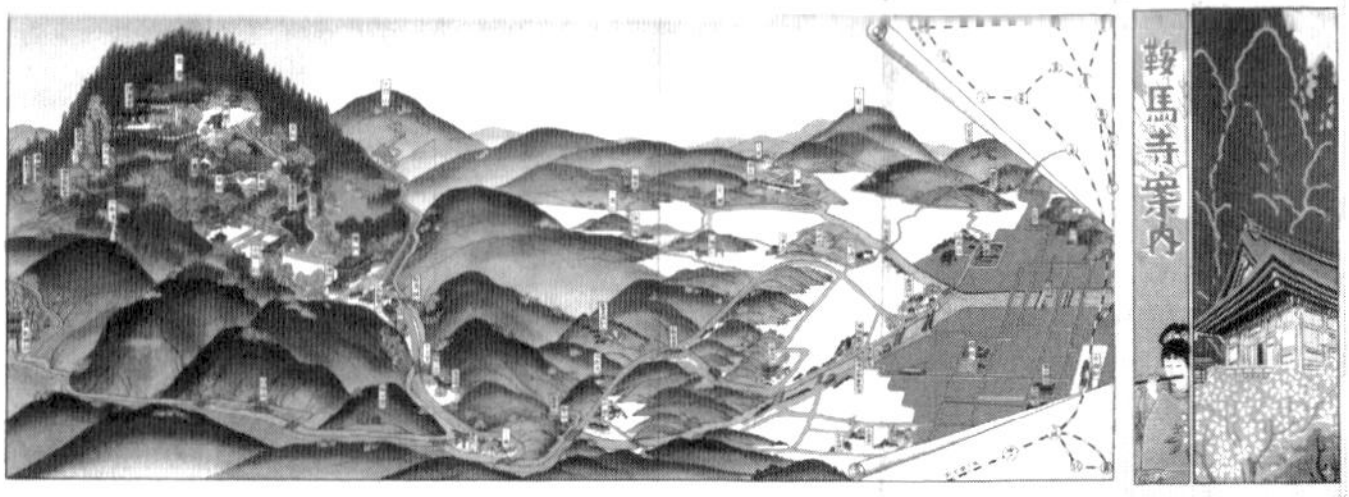

図4　『鞍馬寺案内』（大正15年（1926）刊）。本堂前の階段を下った先に「義経ノ涙ノ瀧」がある。左はその拡大図。

「先年只今の　皇太后陛下が、いまだ　皇后宮にあらせ玉ひし大正十三年の冬御登山の砌《みぎ》り、涙の瀧の伝説の御説明を聞しめされ「義経は、この山寺にゐて、御経を読む事がつらかつたから、涙を流して泣いたのでありませう」と仰せられた。」とあるように、大きな影響を与えていた。もっとも、手もとにある数百の京都ガイドブックを通覧してみたところ、義経の「涙の滝」は、おおよそ、昭和前期を境目にしてみられなくなるらしく、ほんの一時期の出来事でしかない。しかし、それでも、義経の「涙の滝」は、たしかに存在し、多くの共感を生みだしていたのである。

おわりに――「京都」という場所を考える

以上、『源氏物語』に描かれた光源氏の「吹き迷ふ」のうたが、鞍馬山に光源氏の「涙の滝」を生みだし、義経の「涙の滝」へとうつりかわっていく様子をたどってきた。

「京都」は、まるで、坩堝《るつぼ》のように、物語と、歴史と、地理を融合させ、新たな地平を創造する。そこには、混乱もあり、誤解もある。フィクションの『源氏物語』に基づく「涙の滝」は、想像の産物でしかないし、光源氏と義経は、決して、同一人物ではない。しかし、こうした営みを、たんなる誤りだ、と退けてしまうこともできない。

　たとえば、「宇治十帖古跡」のうちのひとつで、現在も同じ場所に残る「蜻蛉石」をとりあげた『都名所図会』には、次のような一節がある。

　「蜻蛉石」は、三室戸より宇治橋に至る道にあり。……これは、『源氏』宇治十帖のうちにして、いにしへより名広く、されば、かの物語に「浮舟の君、木玉にとられて、平等院のうしろの木の下《もと》に捨《すて》られ、あるは、うばそくうせ給ひて、薫大将、椎が本の空しき床《とこ》をうらみ、中の君のわらびを折《をり》て、山のあさりにまいらせせける」とかけるも、皆、此ほとりの名蹟にて、物換《かは》り、星うつりて、むかしを慕はれ侍る。（巻五）*18

「蜻蛉石」は、三室戸寺から宇治橋に至る道にある。……これは、『源氏物語』宇治十帖のなかにあり、古くから名が知られていて、そうだからこそ、この物語

*15　『東北大学附属図書館所蔵狩野文庫マイクロ版集成』（マイクロフィルム、丸善）。なお、この叙述に、複数の「由」がみられることは注意してよい。鞍馬山巡見にあたっては案内者が同行していたようで、「由」は、その案内者の発言を指すのだろう。案内者の発言に対しては、ときに、「不審いかさまにも」「甚不審也」とも述懐され、信憑性に欠けることもあったらしい。

*16　義経の一生を描いた『義経記』（元和・寛永（一六一五〜一六四五）頃刊一一行古活字本ほか）など参照。

*17　月刊「鞍馬」編集部編『鞍馬図記』（訂正第四版・鞍馬寺事務所、一九三一年）。初版（一九二一年）には、この記述がみられない。

*18　『新修京都叢書　第六巻』（前掲*3）

に「浮舟の君が、木霊に取り憑かれて、平等院の後ろの木の下に捨てられ、その一方で、優婆塞《うばそく》（宇治の八の宮）がお亡くなりになって、薫大将が、椎の木のもと、すなわち、八の宮の住む部屋もむなしい床になってしまったことを恨み、中の君がワラビを折って、山の阿闍梨《あじゃり》に差し上げた」と書かれたことも、全て、この「蜻蛉石」のあたりの出来事であり、風景がかわり、年月が経っても、昔（『源氏物語』のこと）が懐かしく思われるのです。

こうした感慨は、現在、わたしたちが宇治川のほとりを歩き、「蜻蛉石」を目にしたときの気持ちと、さしたる径庭《けいてい》は認められない。ホンモノであるとか、ニセモノであるとか、そうしたものを超越してしまうほどの感情が、これらの場所を生みだし、継承させてきた。たとえ、信憑性を欠くようにみえたとしても、それでも、閉めだされることなく受けいれられていたことにこそ、人々にとっての、「京都」への向きあいかたが示されている。「京都」は、その意味で、たしかに「王朝文化の薫りをいまにとどめるまち」であったし、[＊19] それは、まさしく、偽りの、虚構《フィクション》の、嘘つきの「京都」といってよいだろう。同時に、それは、とても人間的で、魅力的な場所だ、ということもできるだろう。

＊19 『出来斎京土産』（延宝五年（一六七七）刊）には、「義政公は源氏なりければ　銀箔をぬりてぎらめく銀かく寺ひかる源氏の跡といふべく」（『新修京都叢書　第一一巻』臨川書店、一九七四年）とある。「源氏」であった足利義政の造営した邸宅をもとにする銀閣寺が、まるで、光源氏の邸宅のあとであるかのようだ、とするのも、ここまで述べてきたことがらと同種の事例である。

地域とのかかわりのなかで文学を読むこととは、人々が、その場所に何を見いだし、何を選びとろうとしてきたかを見定めていくことであり、様々な時代を生きた人々の姿や、向きあってきた社会を見とおすことでもある。人々がどう生きたかを知り、いま、ここに生きるわたしたちじしんを問い直すことこそ、文学を読み、「京都」を考えることに違いない。

付記 『源氏物語』の引用は、新編日本古典文学全集（20～25）『源氏物語（①～⑥）』（小学館、一九九四年～一九九八年）に依った。また、引用した本文には、適宜、句読点や現代語訳等を付した。なお、本稿は、須藤圭「近世紀行文にあらわれた源氏物語享受一斑―義経の歌として語られた光源氏の歌一首をめぐって―」（『文学・語学』二一三、二〇一五年八月）を大幅に改稿したものである。

column コラム　京都と説話

松山由布子

　説話は、人々の間で語り伝えられた話である。神仏に助けられた話、賢い童《わらわ》が偉い僧侶をやりこめた話、鬼や天狗などの人ならざるものと交流した話など、さまざまな面白く不思議な話が語り伝えられている。そうした話をたくさん集めた説話集が、平安時代からいくつも作られている。代表的な説話集『今昔物語集《こんじゃくものがたりしゅう》』では、すべての説話の冒頭は「今は昔」（今ではすでに昔のことであるが）と始まる。このように説話は、昔々の話として、人々の生活・社会・神仏への信仰・遊び・芸能など、さまざまな世の理《ことわり》を説いているのである。京都は平安遷都以来の政治や文化の中心地であり、全国から多くの人々が集まった。内裏《だいり》の貴族から市井の庶民まで、人々の集まるところで説話は説かれる。京都は説話の中心地でもあったのである。

　京都を舞台とする説話はたくさんあるが、そのひとつとして、平安時代の公卿・小野篁《おののたかむら》の話を紹介する。小野篁は平安時代初期の貴族で、優れた歌人・学者として知られている。例えば「無悪善」と書かれた落書を、篁は嵯峨天皇の治世を批判する「さがなくてよからん」と読み説いたという（『宇治拾遺物語』巻三・一七話）。

　説話の世界では、学問や芸道に優れた者は、他の人とは異なる特別な能力を持っている。小野篁の場合は、昼は朝廷で天皇に仕え、夜は閻魔庁で閻魔王に冥官として仕えていたということである。藤原高藤《ふじわらのたかふじ》という貴族は、一度急死してすぐに蘇生した一瞬の間に、閻魔庁で冥官として働く篁の姿を見たという（『江談抄』巻三・三九話）。また西三条《にしさんじょう》の大臣《おとど》と呼ばれた藤原良相《ふじわらのよしみ》は、病で一度死んでしまうが、閻魔王に仕える篁の取りなしによって生き返ったという（『今昔物語集』巻二〇・四五話）。

説話において小野篁が閻魔庁の冥官とされた背景には、彼が遣唐副使に任ぜられながらその命に背いて乗船を拒否し、隠岐国へ流罪になった経歴があるだろう（『日本文徳天皇実録』仁寿二年（八五二）一二月二二日条）。『小倉百人一首』の「わたの原八十島かけて漕ぎ出でぬと人には告げよあまの釣舟」（海上はるかに、いくつもの島々をめざして舟を漕ぎ出していったと、都の人に知らせてください。漁師の釣舟よ。）という和歌は、隠岐へ向かう流罪の道すがら詠まれたものである。しかし篁は、その後罪を許されて帰京し、出世を遂げる。一度都の外へ追い出された者がまた都にもどり、貴族社会の中で〝生き返った〟のである。そのような経歴を持つ篁であればこそ、この世とあの世の境界を越えることのできる特別な力を持っていたと人々に信じられたのであろう。

小野篁が地獄へ赴いた入り口は、鴨川東岸の東山にあった愛宕寺《おたぎでら》、現在の六道珍皇寺の辺りであったという（「和漢朗詠集永済注」）。六道珍皇寺の境内には、篁の地獄への入り口と伝えられる井戸があり、八月の盂蘭盆会の際には、この場所で先祖の霊を迎える六道まいりが行われる。小野篁の説話は、現在の京都においても、死後の世界との結びつきを説く話として息づいているのである。

『徒然草』――「都人」兼好の足跡をたどって

鈴木耕太郎

はじめに

古典文学作品多しといえど、『徒然草』以上に、知名度で勝る作品はそう多くはないだろう。その背景には、この作品が明治二〇年代後半から現在まで、一二〇年以上もの間、一貫して国語科教材として用いられていることが影響していよう。つまり、日本で学校教育を受けてきた人の多くは、どこかでこの作品に触れている可能性が高いのである。[*1]

この『徒然草』が成立したのは、鎌倉幕府が求心力を失い、滅亡へと向かっていた鎌倉時代末期と考えられている。まさに時代の激動期にこの作品は生まれたといえよう。しかし、今でこそ「メジャー」な作品だが、どうやら成立当初はあまり読まれてはいなかったようだ。この作品に対する言及が初めて見えるのは、

注

＊1　田坂文穂編『旧制中等教育国語科教科書内容索引』（教科書研究センター、一九八四年）、深川明子「中学校における戦後の古典教育」（『教科教育研究』七、一九七四年七月）

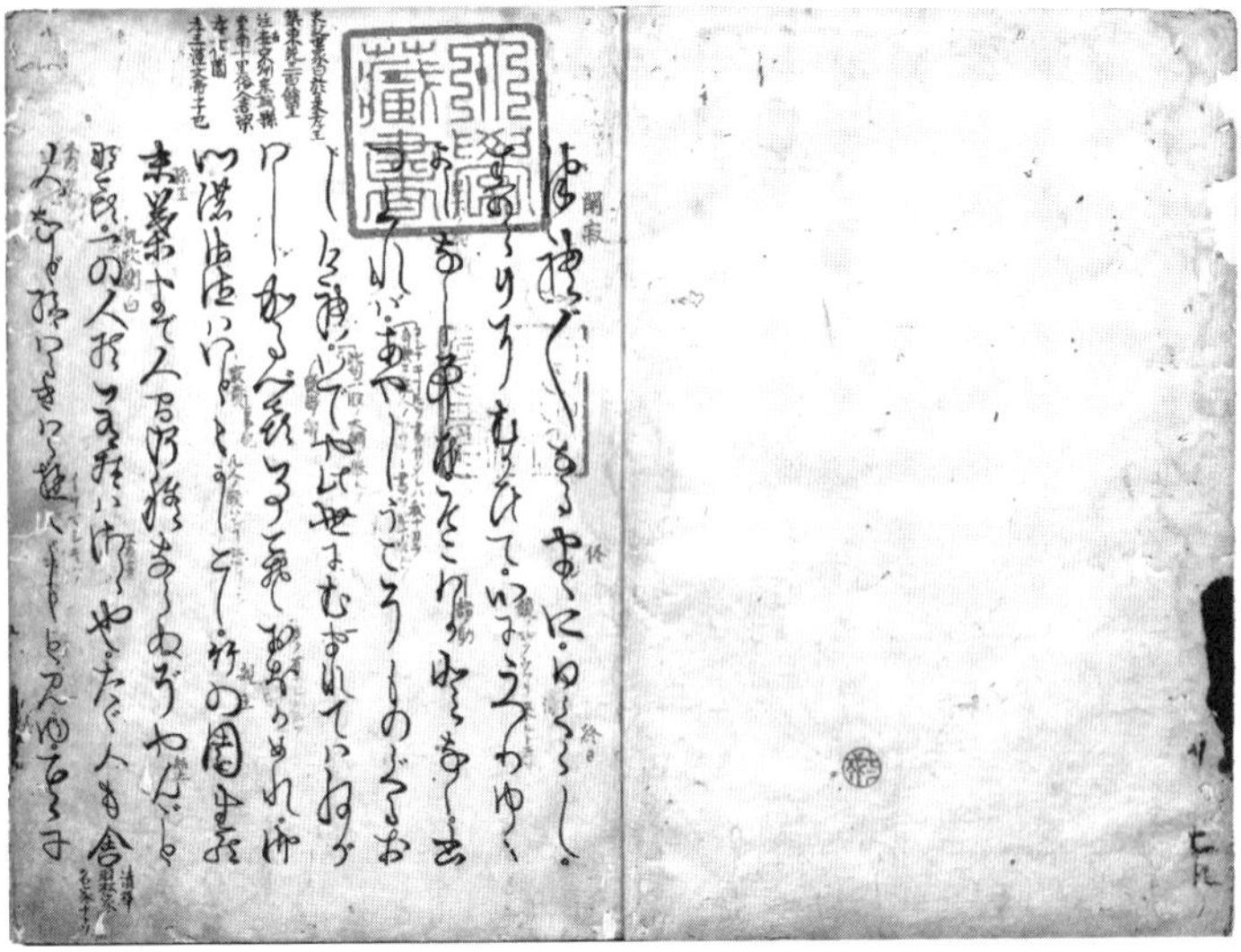

図１　慶長 18 年（1613）烏丸広光奥書古活字版（烏丸本、国立公文書館蔵）

図２　『兼好法師行状絵巻』より兼好像（文化４年（1804）写、神奈川県立金沢文庫蔵）

室町時代の歌僧・正徹《しょうてつ》[*2]による歌論書『正徹物語』であり、『徒然草』成立からおよそ百年が経過している。それ以降、正徹の弟子、心敬《しんけい》[*3]ら連歌師によって『徒然草』は受容されていたようだが、広く世間に知られるようになったのは、江戸時代に入り、刊本が出版されるようになってからだという（図1参照）。

多くの人が一度は触れているはずの『徒然草』だが、こうした受容の背景については広くは知られていないだろう。そもそも、小・中・高校[*4]の授業で扱うのは、序段含め全二四四段のうちのほんの一部に過ぎない。そのためこの作品の全体像を把握している人も多くはないのではないか。

そこで本稿では、知っているようで知らない『徒然草』の世界を繙《ひもと》いていきたい。ただ、全章段を万遍なく取り上げることはできないので、『徒然草』作者・兼好の足跡を辿りながら、その内容を検討していこう。

作者・兼好の実像

『徒然草』作者・兼好について端的に説明されているものとして、高校の「古典B」教科書から兼好に関する説明文を抜き出してみた。[*5]

＊2　正徹（一三八一〜一四五九）。禅僧で歌人。冷泉派の歌人として重んじられた。歌論集『正徹物語』の中で、兼好および『徒然草』について言及している。

＊3　心敬（一四〇六〜一四七五）。天台僧で歌人・連歌師。正徹に師事したといわれ、歌論書『ささめごと』や『老のくり言』などを残した。

＊4　二〇一一年より小学校国語科の教材としても用いられている。

＊5　東京書籍刊行の『新編古典B』より引用。

旧　兼好法師　弘安《こうあん》六年（一二八三）？―正平七年・文和《ぶんな》元年（一三五二）？。俗名は卜部兼好《うらべのかねよし》。蔵人《くろうど》として後二条天皇《ごにじょうてんのう》に仕えたが、三十歳前後に出家し、兼好と号した。卜部氏は、吉田神社（京都市）の社務職を世襲した家柄なので、後年、吉田兼好とも呼ばれた。歌人としても知られ、家集に『兼好法師集』がある。

補足も含め、改めて作者・兼好（兼好法師・図2参照）について確認していこう。三〇歳前後で出家する前の名は卜部兼好で、後二条天皇在位時に蔵人《くろうど》＊6や左《さ》兵衛佐《ひょうえのすけ》＊7を歴任した貴族であった。また吉田神社（京都市左京区）を取り仕切る社務家出身なので、後に吉田兼好と称されるようになったという。晩年は仁和寺の南に位置する双ヶ丘《ならびがおか》（図3参照）に居を構え、当地で没した――これが広く知られる兼好の生涯だ。

図3　兼好が晩年を過ごしたとされる双ヶ岡（京都市右京区）

ところで、先に見た教科書の引用文には旧と記した。これは平成二九年度（二〇一七）まで使用されていた教科書からの引用であることを示す。実は、平成三〇年度（二〇一八）から教科書は改訂されているのだ。そこで、旧と全く同じ出版社から出されている、改訂された新たな教科書の兼好説明文を見てみよう。

新　兼好法師　弘安《こうあん》六年（一二八三）？—正平七年・文和《ぶんな》元年（一三五二）？。俗名は卜部兼好《うらべのかねよし》。三十歳前後に出家し、兼好《けんこう》と号した。歌人としても知られ、家集に『兼好法師集』がある。なお、後に吉田《よしだ》神社（京都市）の社司である吉田家（卜部姓）の系図に組み込まれたため、吉田兼好とも呼ばれた。

一見して旧と新とで兼好に対して、微妙に説明が異なっていることに気づくだろう。たとえば、旧の傍線部「蔵人として後二条天皇に仕えたが」という部分は、新には見られない。また吉田兼好と称される理由について、旧では波線部「卜部氏は、吉田神社の社務職を世襲した家柄なので」とあるのに対し、新では「後に吉田神社の社司である吉田家（卜部姓）の系図に組み込まれたため」とある。

＊6　貴族の役職で、令外官の一つ。元は天皇などの道具類や文書を管理するものだったが、弘仁元年（八一〇）の蔵人所設置を契機に、詔勅の伝達、宮中の行事や事務を担う重要な役へと変化した。

＊7　兵衛佐とは、宮門の守備や行幸のお供をする兵衛府の次官。兵衛府は左右にあり、左兵衛府の次官が左兵衛佐。

実は近年の研究で、吉田神社と兼好とは何の繋がりもないことが明らかとなった。つまり、「吉田」兼好というのは、根拠がない呼称なのだ。加えて、蔵人や左兵衛佐を歴任した元・貴族という点も、どうやら歴史的事実ではないという。[*8]ではなぜ、このような兼好像が長きにわたり語られてきたのか。

実は室町時代を境に、吉田神社の系図に蔵人や左兵衛佐を歴任し、法名（出家後の名前）を兼好とする人物が見えるようになる。そして、この兼好こそ、『徒然草』作者・兼好だとする見方がいつの頃からか広がった[*9]——あるいは、最初から吉田家と『徒然草』作者・兼好とを結びつけるために、吉田家側で系図を「捏造」し、兼好の経歴もすべてでっち上げた上で組み込んだ[*10]——というのである。いずれにせよ、これまでの兼好像は見直しを迫られ、高校の教科書も訂正されたといえる。

ただ彼が「卜部」姓を一時期ではあれ名乗っていたことは事実なようだ。卜部氏はもともと神祇官に仕える下級貴族で、吉田神社の吉田家も元をただせば卜部氏だった。仮に吉田家が意図的に兼好を系図に組み込んだならば、恐らくは兼好が卜部姓を名乗っていたことを知っていたのではないか。ただし、兼好が生きた時代、卜部姓は京都以外にも広く分布しており、武士や職人層にまで広がってい

＊8　小川剛生『兼好法師』（中公新書、中央公論新社、二〇一七年）。以下、本稿は同書に拠るところが大きい。なお、兼好の実像については小川「卜部兼好伝批判―「兼好法師」から「吉田兼好」へ」（『国語国文学研究』四九、二〇一四年三月）で明らかにしている。

＊9　松薗斉「漢文日記と徒然草―『徒然草』と「日記」の世界―」（荒木浩編『中世の随筆―成立・展開と文体―』竹林舎、二〇一四年）

＊10　小川『兼好法師』「第一章　兼好法師とは誰か」（前掲＊8）

たという。[*11] つまり、「卜部」兼好であったからといって必ずしも吉田家と直接結び付くとは限らない、ということになる。

ところで、この卜部姓を名乗っていた時期、兼好は何をしていたのかというと、どうやら金沢流北条氏、具体的には時の六波羅探題《ろくはらたんだい》であった金沢《かねさわ》（北条）貞顕《さだあき》[*12]に仕え、京と鎌倉を頻繁に行き来し、また鎌倉には居住もしていたようなのだ。そしてまた、貞顕が一度辞した六波羅探題に再度任用されると、兼好は京の六波羅近くの東山に居を構え定住し、出家、遁世したと考えられるのである。[*13]

*11 前掲*10に同じ。

*12 金沢（北条）貞顕（一二七八～一三三三）。鎌倉時代末期の武将で、六波羅探題（北方・南方）、鎌倉幕府連署、鎌倉幕府執権など要職を歴任した。

*13 小川『兼好法師』「第三章 出家、土地売買、歌壇デビュー」（前掲*8）

『徒然草』の京

そもそも兼好の出身地がどこなのかは定かではない。近年では、そのルーツは伊勢にあったが、兼好の父は（そして幼い兼好自身も）京で生活をしており、その後鎌倉へ移住した、という説も出されている。[*14] この点はさらなる研究の進展を待ちたいところだが、彼が一時期、鎌倉に住み、その後京へと上洛、さらに再度鎌倉へと赴き、再上洛、という京と鎌倉の往還は、事実としてつかめるようだ。

『徒然草』は他者からの伝聞のみならず、兼好自身の経験・体験談も数多く含

*14 前掲*10に同じ。

まれている。それならば、兼好の体験談として京と鎌倉に関する事項は何かしら『徒然草』の中に記されていてもおかしくはないだろう。そこで本節・次節と『徒然草』の中から、京と鎌倉に関する記述を確認したい。まずは、兼好の京に対する認識が端的にわかる第二二〇段から見ていこう。

「何事も辺土《へんど》は賤しく、かたくななれども、天王寺《てんわうじ》の舞楽《ぶがく》のみ都に恥ぢず」と言へば、天王寺の伶人《れいじん》の申し侍りしは、「当寺の楽は、よく図《づ》を調べあはせて、ものの音のめでたくととのほり侍ること、外《ほか》よりもすぐれたり。……この一調子《いってうし》をもちて、いづれの声をもととのへ侍るなり」と申しき。

「何事につけ、片田舎は下品で、粗野であるが、天王寺の舞楽だけは都にも劣らない」と言ったところ、天王寺の楽人が言いましたところには、「この寺の音楽は、図竹によって音高を合わせるので、楽器の音が見事に整っていることではどこよりもまさっています。……この調性を基準にどの楽器の音も整えるのです」とのことであった。

「辺土」つまり京周辺の片田舎は「賤しく、かたくな」であり、唯一都に勝っているのは「天王寺の舞楽」だけだという。京周辺ですらこうした見方であるのだから、さらに離れた地域については推して知るべしだろう。こうした田舎・田舎者へのある種の拒否感は、他の章段にも見られる（第七七段、第七九段など）。次に見る第一四一段では、兼好がなぜそのような拒否感を示すのか、その理由の一端が垣間見える。

悲田院尭蓮上人《ひでんゐんのげうれんしやうにん》は、俗姓《ぞくしやう》は三浦《みうら》のなにがしとかや。……故郷《ふるさと》の人の来りて、物語すとて、「吾妻人《あづまびと》こそ、言ひつることは頼まるれ、都の人は、ことうけのみよくて、まことなし」と言ひしを、聖《ひじり》、「……なべて心やはらかに情あるゆゑに、人の言ふほどのこと、けやけくいなびがたくて、よろづえ言ひはなたず、心よわくことうけしつ。偽りせんとは思はねど、乏《とも》しくかなはぬ人のみあれば、おのづから本意《ほい》とほらぬこと多かるべし。吾妻人は、我が方なれど、げには心の色なく情おくれ、ひとへにすくよかなるものなれば、はじめより否《いな》と言ひてやみぬ。……」と、ことわられ侍りしこそ、この聖、声うちゆがみ、荒々しくて、聖教《しやうげう》の細やかなる理《ことわり》いとわきまへずもやと思ひしに、この一言の後、心にくくなりて……。

悲田院の尭蓮上人は、俗姓三浦某とか言った。……故郷の人が来て、話をするといって、「東国の人は、言ったことがあてにできるが、京都の人は、口先の約束ばかりよくて、実がない」と言ったのに対して、上人は、「……総じて都の人は心が柔和で恩情があるために、人がわざわざ言うようなことは、きっぱりと拒みにくく、万事ずけずけと言い放つことができず、気弱くも承知してしまう。決して相手をだまそうとは思っていないが、貧乏で思いに任せぬ人ばかりなので、自然と初志を貫けないことが多くなるのであろう。東国の人は、自分の出身地の人であるけれど、実のところ優しさがなく情愛に欠け、ひたすらぶっきらぼうなものであるから、最初から嫌だと言って終わる。……」と筋道を立てて話されましたが、この上人には、声に訛があり、いかにも粗野で、仏典の緻密な教理をさして解していないのではないかと思っていたのに、この一言を聞いた後は、心惹かれるようになって……。

京都の人は本音を言わない、とは現代にも言われていることだが、それに対して東国出身の尭蓮上人は、都（京）の人の性質を良く説き、むしろ東国の人間こそ「げには心の色なく情おくれ、ひとへにすくよかなるもの」だと非難もしている。これを聞いて、今まで尭蓮上人を「声うちゆがみ、荒々しくて、聖教の細やかなる理いとわきまへ」ない僧だと思っていた兼好も「心にくく」なったと、その評価までがらりと変えている。つまり、尭蓮上人の述べている「都人」観、「吾妻人」観は、そのまま兼好自身の認識と重なっていたことを意味するのである。そしてまた、これらの章段から兼好のアイデンティティは京にあるとも思わせる。

『徒然草』の鎌倉

一方、東国の代表格ともいえる鎌倉についてはどうなのか。第一一九段を見よう。

鎌倉の海に、鰹《かつを》といふ魚は、かの境《さかひ》には、双《さう》なきものにて、このごろもてなすものなり。それも、鎌倉の年寄りの申し侍りしは、「この魚、おのれらの若かりし世までは、はかばかしき人の前へ出づること侍らざりき。頭《かしら》は、下部《しもべ》も食はず、切りて捨て侍りしものなり」と申しき。

かやうの物も、世の末になれば、上《かみ》ざままでも入りたつわざにこそ侍れ。

鎌倉の海で獲れる、鰹という魚は、あの界隈ではまたとないものとして、最近もてはやすものである。それでも、鎌倉の古老が申しましたことには、「この魚は、自分たちが若かった頃までは、しかるべき身分の方の食膳に上がることはありませんでした。頭は下僕さえ食べず、切って捨てたものです」という。こういうものも、末世ともなると、社会の上層まで入り込む次第です。

鎌倉に在住していた兼好だからこそ知り得た鰹の歴史、といったところだろうか。ただ、この記述からは鎌倉の地に対する何がしかの思いは感じられない。そもそも、『徒然草』内で鎌倉に関する記述は、他に第三四段などがある程度で、あとは鎌倉在住の人物に関するものが数段確認できるのみだ。その中には優れた人物に関する話も見られる（第一八四段の北条時頼《ときより》の母・松下禅尼《まつしたのぜんに》や第二一四段の陰陽師・有宗《ありむね》入道など）ものの、やはり京に対する思いに比べると淡泊だと言わざるを得ない。こうした差はなぜ生じたのか。

次に見る第一六五段は、このことを考える上での一つの示唆を与えてくれる。

あづまの人の、都の人に交はり、都の人の、あづまに行きて身を立て、また本寺・本山を離れぬる顕密《けんみつ》の僧、すべて我が俗にあらずして人に交はれる、見苦し。

東国の人が、都の人と交際したり、都の人が、東国に赴いて立身したり、また所属する本寺・本山を離れた顕密各宗派の僧など、すべて本来の生活圏の習俗に従わずに他人と交わっていることは、見るに堪えない。

前述の通り、兼好自身は東国にて金沢貞顕に仕えていた。つまり、兼好自身が「見苦し」と評されるような立場に置かれていたのだ。なお、金沢貞顕に仕え、そして出家するまで、兼好は（経済的には余裕はあったものの）無位無官だったと想定されている。[*15] つまり、東国・鎌倉の地で「身を立て」たことにはならないのだが、「我が俗にあらずして」という点で後年、自分を顧みることもあったのではないか。それは兼好自身が「都の人」として強く自覚している表れともいえるのである。

*15　小川『兼好法師』「第二章　無位無官の「四郎太郎」」（前掲*8）

それにしても、兼好は京の東山に居を構えた後、なぜ出家したのだろうか。前節で確認した通り、実に三〇歳近くまで無位無官だった兼好である。たとえば、出世できない現世をはかなみ、すべてを捨てて仏道に入った、と考えてもおかしくない。

しかし、事実は恐らく逆だろう。兼好は「法師」という新たな立場になることで、それまでの身分社会から抜け出し、京の都で活躍する契機を得たのである。[*16]

たとえば、勅撰集の場合、六位以下の俗人の歌が撰ばれた場合、その個人の名が明らかであっても「詠み人知らず」として扱われてしまう。一方、同じく六位以下の者が出家し法名を得た場合は、「〜法師」と名前が表に出ることになる。[*17]『徒然草』第一段には「法師ばかりうらやましからぬものはあらじ。」（法師ほど羨ましくないものはあるまい。）とあるが、無位無官であった卜部兼好が、己の才覚のみで京の都で生きていくためには、法師になるより他なかったとも考えられよう。その結果、彼は和歌の世界で「四天王」[*18]とまで称されるまでになったので

＊16　前掲＊10に同じ。

＊17　前掲＊10に同じ。

＊18　南北朝期に和歌で名を馳せた四名の人物を顕彰し、称したもの。『正徹物語』によれば、頓阿・慶運・浄弁・兼好の四名を指す、としている。

ある。

もっとも第一段では続いて「勢ひ猛《まう》にののしりたるにつけて、いみじとは見えず」（権勢盛んで名声轟くのを聞いても、立派だとは思えない）、「ひたふるの世捨人《よすてびと》は、なかなかあらまほしきかたもありなん」（いちずな世捨人の方が、名声とは無縁でもかえって好ましいことがあろう）とあり、法師が功名を立てることを批判している。この記述を単なる自己矛盾と見るか、自分は名をあげようとは思っていないという正当化、またはそう思ってはならないという自戒と見るか、はたまた自分のことは置いて、ごく一般論として述べていると見るかは、様々であろう。ただ、たとえ兼好が名声を得ようと考えていたとしても、それはあくまで歌人としてのものであって、僧（法師）としての名声は念頭に置いていなかったのではないか。というのも、兼好は特定の宗派や寺院に属することなく一人で仏道に励む、遁世者《とんせいしゃ》だったからである。つまり、僧侶としての名をあげる後ろ盾（宗派や寺院）自体が兼好には存在しなかった。

とはいえ、兼好「法師」である以上、仏道に従い生きていたことは『徒然草』の中でも随所に見受けられる（第五段・第一七段・第三九段など）。一方で、法師の立場だからこそ、特権的立場にある他の僧（法師）たちについては、時に厳しい視線が注がれている。たとえば、第五二段から第五四段までは、いずれも仁和寺の僧侶の失敗談だが、教訓譚の形を取りながら明らかに彼らを嘲笑の対象としている。他にも第四五段の「掘池の僧正」こと良覚《りょうかく》僧正や第二三六段の丹波国・出雲神宮（京都府亀岡市）を訪れた聖海《しょうかい》上人などに対しても同様の視線を送っている。

一方で、第二四段は僧侶がいる寺院ではなく、神社に関する章段だが、

> 斎王《さいわう》の、野宮《ののみや》におはしますありさまこそ、やさしく面白きことの限りとは覚えしか。……すべて神の社《やしろ》こそ、すごく、なまめかしきものなれや。……ことにをかしきは、伊勢・賀茂・春日・平野・住吉・三輪《みわ》・貴布禰《きぶね》・吉田・大原野《おおはらの》・松尾《まつのを》・海宮《うめのみや》。

斎宮《さいくう》が、野宮に籠っていらっしゃる様子こそ、優美で心惹かれることこの上ない。……およそ、神社というもの

図4　第24段ゆかりの野宮神社（京都市右京区）

は、ぞっとする程ものさびて、古雅なものではないか。……特に趣深い神社は、伊勢・賀茂・春日・平野・住吉・三輪・貴布禰・吉田・大原野・松尾・梅宮などである。

とある。野宮（図4参照）に斎宮[19]が身を清めるために籠ることを「面白き」と評するところから始まり、「すべて神の社」は「なまめかしき」ものだとも述べている。さらに着目すべきは、「伊勢・賀茂・春日……」という具体的な社名だ。

実はこの記述から、兼好は寺と神社とを明確に峻別していたのではないかと考えられるのである。とはいえ、現代に生きる私たちの感覚であれば、寺と神社が別々、というのはごく当たり前のことだろう。しかし、当時はいわゆる「神仏習合」が盛んだった時代である。[20]実際には、神社の機能と寺の機能とを併せ持ったような場も多々あったのだ。先に示した「伊勢・賀茂・春日……」以下一一社はみな、いわゆる二十二社[21]と称される神社である。ところが、今の石清水八幡宮（京都府八幡市）や伏見稲荷大社（京都市東山区）、八坂神社（京都市東山区）、北野天満宮（京都市上京区）など、二十二社の中でも明治時代以前まで寺と神社との機能を併せ持った場は第二四段中には記されていないのだ。[22]もちろん、その中に

＊19　伊勢神宮に奉仕するために卜占等で選ばれた未婚の内親王・王女を指す。伊勢神宮に赴く前に、野宮で一年近く過ごし身を清めた。今の野宮神社（京都市右京区）は、かつての野宮の跡地に創祀されたといわれている。

＊20　日本の神祇信仰と外来の仏教とが接触し、融合、調和した現象のこと。平安時代中期から明治維新が始まるまでの間、日本中で展開していた。ただ近年ではその概念を批判的に捉え直そうという動きもある。

＊21　平安時代中期から数段階にわけて成立した、朝廷から特別な庇護を受ける神社のこと。平安時代末期に二十二社目となる日吉社（滋賀県大津市）が加わり、以後、固定化した。

＊22　久保田淳「徒然草評訳・

はただ単に兼好が実際足を運んだことのない場も含まれていよう。しかし、石清水、稲荷、祇園（八坂）、北野といった京の内、または京近隣の場に兼好が足を運ぶ機会がなかったとは考え難い。つまり、意図的に外したと考えられるのである。

こうした姿勢は、総じて兼好自身の知の力に裏付けされたものだといえる。兼好は出家する以前から、金沢貞顕に仕える身分として様々な場に顔を出し、また様々な人と交流したと考えられる。そうした中で、仏道とは何か、僧とは何か、あるいは神社とは何か——いや、『徒然草』全体を捉えるなら、人間とは何か、社会とは何かについて、知識を蓄積し、自分の中で熟成させて、やがて『徒然草』という形で結実させたのではないか。その旺盛な知識欲の背景には、己の才覚だけで京の都を生きようとする兼好の覚悟があったと考えられるのである。

付記　『徒然草』原文は小川剛生『新版　徒然草　現代語訳付き』（角川ソフィア文庫、角川書店、二〇一五年）から引用した。現代語訳も同書を参照し、一部を改めた。

六五　大原野・松尾・梅宮」（『国文学　解釈と教材の研究』三〇—一、一九八五年一月）

『都名所図会』――名所図会の文学性とその基盤

藤川玲満

近世京都の案内書

ガイドブックは、私たちが観光（名所見物）に出かける際の必需品の一つである。書店に行けば、デザインや特集に趣向を凝らしたシリーズの諸種が所狭しと並んでいる。現代においてこのように需要が絶えないガイドブックだが、これに類する書物は、古く江戸時代にも存在していた。本稿では、近世（江戸時代）の半ば過ぎに誕生してベストセラーの如く流行した京都の案内書『都名所図会《みやこめいしょずえ》』を取り上げ、その構造と特質を捉えるとともに、作品に込められた文学性に着目し、その背景を解き明かしていく。

まず、『都名所図会』の概略を紹介しよう。書物は全六巻六冊から成り、作者は京都の人である秋里籬島《あきさとりとう》、挿絵は大坂の絵師竹原春朝斎《しゅんちょうさい》が描いている。安永九年（一七八〇）八月に京都の本屋の吉野屋為八が出版した。そして七年後の天明七年（一七八七）には続編にあたる『拾遺都名所図会』四巻五冊が刊行されている（以下、本稿ではこの二作を合わせて『都名所図会』と称して取り上げる）。名所案内の内容は博引旁証《はくいんぼうしょう》でありながら平明に記されており、実景を模写した精密な俯瞰図《ふかんず》と風俗画の挿絵が多数入った、当時として斬新な形式であった。この書物は好評を得て大変な売れ行きを見せ、以後、「名所図会」の流行が起こっていく。

では、『都名所図会』が出るまでの近世の名所案内書はどのような状況だったのか、その変遷を辿っておこう。江戸時代、泰平の世相のもとで旅や名所見物が広く一般化した。このことを背景に、文学界・出版界には古来の紀行文とは違い、読者に向けた解説を主眼とする書物が登場する。これらは名所記（名所案内記）と称される。京都の名所記の嚆矢《こうし》とされるのは、明暦四年（一六五八）刊『京童《きょうわらべ》』（中川喜雲《きうん》著）と万治元年（同）刊『洛陽名所集』（山本泰順著）である。これら当初の名所記は、名所の個々を項目に立て、その解説を小話の形に纏めた内容構成であったが、以降、趣向が多様に展開していく。実用的な町鑑《まちかがみ》の『京雀《きょうすずめ》』（浅井了意《りょうい》著、寛文五年（一六六五）刊）、絵本仕立ての『花洛細見図』（金谷平右衛門編、元禄一七年（一七〇四）序）、巡覧行程を組むスタイルの『京城勝覧』（貝原益軒著、宝永三年（一七〇六）序）等がある。ほかに『山城四季物語』（坂内直頼《ばんないなおより》著、延宝二年（一六七四）刊）や『祇園会細記』（作者未詳、宝暦七年（一七五七）刊）は、年中行事の解説に特化している。また、名所記よりもはるかに大部だが、ごく近い関係にあるのが地誌である。近世中期には『山城名勝志』（大島武好著、正徳元年（一七一一）刊）、『山州名跡志』（坂内直頼著、正徳元年刊）、官撰地誌の『山城志』（関祖衡《せきそこう》著、享保二一年（一七三六）刊）といった地誌も編纂されている。作者のほうに目を向けると、中川喜雲や浅井了意は仮名草子《かなぞうし》（江戸時代初期小説の様式）の代表的作者であり、貝原益軒は筑前国福岡藩の儒学者である。益軒は紀行文学においても、名所記に通ずるような客観的な筆致の作品を残したことで知られる。

このように、先行の案内記も既に諸種充実したなか『都名所図会』は登場したのだが、この作品は出版物として大きな成功を収め、後世に至るまで繰り返し出版されていった。そこにはどのような魅力があったのだろうか。次に、その内容構成について見ていこう。

『都名所図会』の編成と内容の特質

まず、作品の全体像から捉える。書型は大本《おおほん》で、*1正編で六冊あり（拾遺編は五冊）、凡例には、読者が居ながらにして名所旧跡を鑑賞することを叶える旨を述べている。この点、懐中・携行型のガイドブックとは異なることに留意したい。

では、全六巻（拾遺編は四巻）の名所案内の編成はどうなっているか。先行書では、『京童』などは洛中洛外の著名な名所を拾い、おおよそ地理的に配列していた。地誌では、明確に山城国の郡別の編成をとっている。そうしたところ、『都名所図会』では採録範囲の規模は地誌に準じながら、珍しい方法をとる。凡例に「此編の巻首には平安城をあらはし、其四方を帝都鎮護の四神に官《つかさ》どらしめ」とあるように、山城国を京都の中核部とその四方に分け、各巻に「平《へい》安城《あんじやう》」「左青龍《させいりやう》」「右白虎《うびやくこ》」「前朱雀《せんしゆじやく》」「後玄武《ごげんむ》」と名付けている。四神とは、天の二十八宿の星座の形に由来する、四方をつかさどる神（青龍・白虎・朱雀・玄武）のことである。転じて地相において、東に流水、西に大道、南に窪地、北に丘陵を備える土地を四神相応と言い、平安京は四神相応の地と崇められてきた。

注
*1　和本で美濃紙二つ折りの大きさのもの。

『都名所図会』の巻の編成はこれに因むもので、新しい名所案内記の創出を強く印象づける工夫と捉えられよう。

続いて、名所案内の内容（解説記事）を検討する。『都名所図会』において収録項目の過半を占めるのは寺社である。まず寺社関連の叙述から見ていく。試みに、現代のガイドブック『まっぷる京都』[*2]から清水寺の記事を引いてみよう。

＊2　昭文社、二〇一八年

「清水の舞台」で知られる本堂舞台が有名な寺院。そもそもは奈良時代末期、七七八（宝亀九）年に延鎮上人が、音羽の滝の近くに草庵を結び、千手観音を祀ったのが始まり。鹿狩りに訪れた坂上田村麻呂が水を求めて立ち寄った際、延鎮上人に殺生をいさめられたことから信仰し、長岡京の紫宸殿を移築して創建。……

こうした概要に加えて、所在地・交通・拝観等の基本情報を載せ、境内の見どころをピックアップして簡潔に紹介している。では、この場所を『都名所図会』ではどのように叙述しているのだろうか。「音羽《おとは》山《やま》清水寺《せいすいじ》」（正編巻之三）を見ると、解説記事の主眼は、延鎮《えんちん》と坂上田村麻呂の話となっている。その大意は次の如くである。

大和国の僧延鎮は、霊夢に導かれて尋ねた音羽山の庵で老翁に遭い、霊木で大悲《だいひ》の像（千手観音）を作り、精舎を建てるよう託された。その後、鹿狩りで音羽山に入った坂上田村麻呂がこの庵に至り、延鎮と出会う。延鎮は田村麻呂に夢の示現を語った。田村麻呂は渇仰《かつごう》の思いを得て、妻女とともに観音寺を建てることを誓う。一方、延鎮は工僧たちが現れて大悲の像を作る夢を見た。さらに、鹿がやって来て険阻《けんそ》だった土地を平らにした。こうして仏殿が造立され、大悲の像が安置されたのである。

この例のように、『都名所図会』は寺社の縁起（霊験譚・寺僧の伝など）をはじめとする故事伝承を語ることに力点を置いている。また、清水寺のある音羽山の地に関連して、

新古今
音羽山さやかに見する白雪を明ぬと告る鳥の声哉　　高倉院
音羽山を明るく見せる白雪を見違えて、夜明けを告げる鶏の声がすることであるよ。

と和歌を引いていることも重要な特徴である。この音羽山のように、歌枕の名所では必ず古歌を蒐集《しゅうしゅう》することとしている。さらに、文章での解説記事に加え、寺社の場合では、その境内を高い位置から見渡した俯瞰図の挿絵が入る（図1参照）。挿絵については凡例に、実景を摸写した旨を述べているが、先行する名所記に比べて格段に精密なものとなっている。

続いて、寺社以外の旧跡の項目を見てみよう。一条通堀川にかかる「戻橋《もどりばし》」（正編巻之一）の解説記事では、この橋の下に安倍晴明が十二神将を封じ込めたこと、建礼門院の出産の折にこの橋で占い（橋占）を行ったと『源平盛衰記』にあること、平安時代の漢学者三善清行《きよつら》の葬送のとき、子息の浄蔵《じょうぞう》貴所《きしょ》がこの橋上で祈り、父を蘇生させたと伝えられること（「戻橋」の命名由来）、また（「戻橋」の名から）婚礼時に渡ることは厭われ、旅

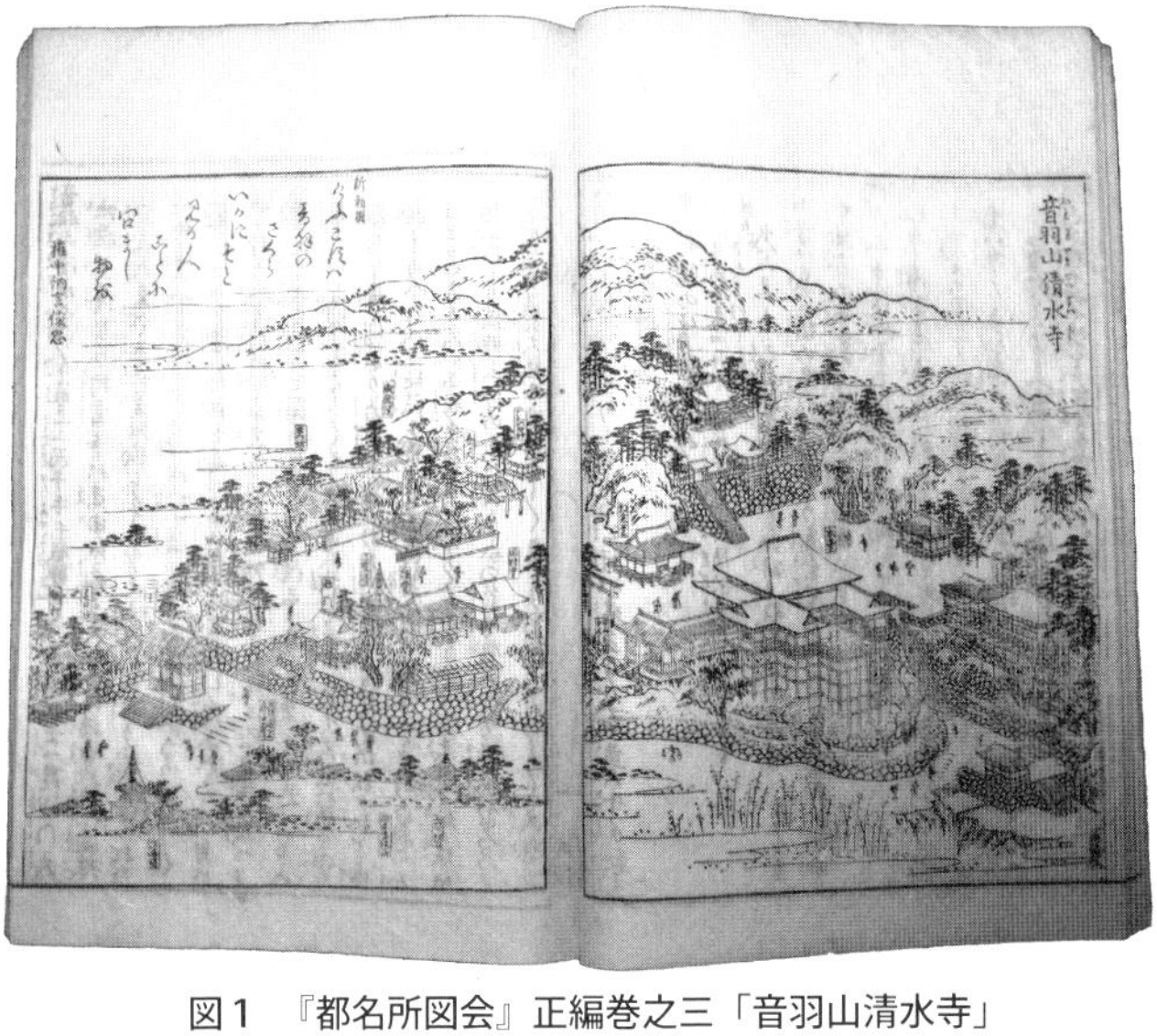

図1　『都名所図会』正編巻之三「音羽山清水寺」

立つ人に物を貸す時は好まれる俗説のあることなどを紹介する。そして、蘇生伝説の三善清行に関しては、その旧居も名所項目に採録されており（拾遺編巻之一「三善清行の家」）、清行の閲歴とともに『今昔物語集』の伝説を引いている。五条堀川のほとりの、人が嫌がって住まない荒れた家を清行が買い取って住み始める。その夜、女の化物が現れたが清行は動じなかった。すると今度は翁が現れ、自分が長く居ついたこの家に清行が来たことを恨む。清行は、翁が長年人を愕《おどろ》かせて家を占領してきた非道を諫める。翁は一族を従えて去って行き、清行はこの家を整えて無事に住んだ。このような話である。そして、注目すべきはこの説話に続けて、

　三善清行が家に住し化物の画を見て、狂哥をよめる
化物の姫松翁しりぞけてここにすみよし清行が家　斑竹

化け物の女と翁が現れたのを退散させて、清行はこの家に安楽に暮らしたのである。

と狂歌を添えていることである。この狂歌は「住吉の岸のひめ松人ならばいく世

＊3　『古今和歌集』の引用および歌番号は、『新編国歌大観　第一巻　勅撰集編　歌集』（角川書店、一九八三年）による。

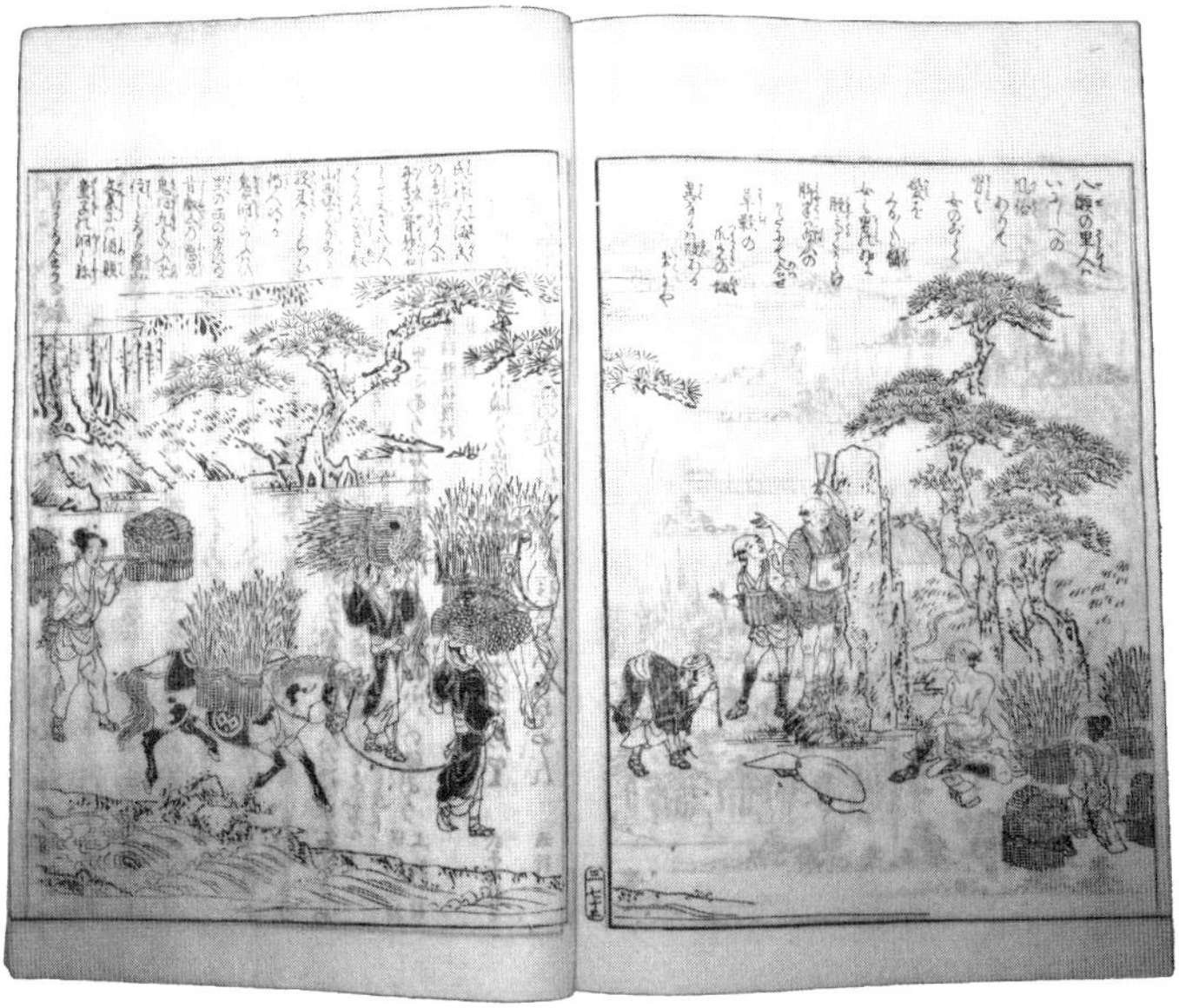

図2 『都名所図会』正編巻之三「矢背の里」里人の絵

かへしととはましものを」（住吉の岸の松が人であったなら、どれくらい長生きしているのか尋ねたいものだが）の和歌（『古今和歌集』雑歌上・九〇六）[*3]が念頭にあるかと思われる。斑竹とは『都名所図会』の作者秋里籬島の号の一つで、ここで籬島は『今昔物語集』の説話に続けて自詠の狂歌を披露しているのである。さきに、歌枕の名所で古歌を引いていることを述べたが、自作の詩歌の収載（『都名所図会』には自詠の発句が七句、狂歌が八首採録されている）は、特に作者の文学活動に深く関わることである。この点については後に詳しく述べたい。

本作での、挿絵を多数収める「図会」のスタイルに関しては、寺社に添えられる俯瞰図のほかに、土地の人々と風習を大きく描いた風俗画がある。そうした例の一つ、京都北郊の「矢背《やせ》（八瀬）の里」（正編巻之三）を見てみよう。まず、本文には、大友

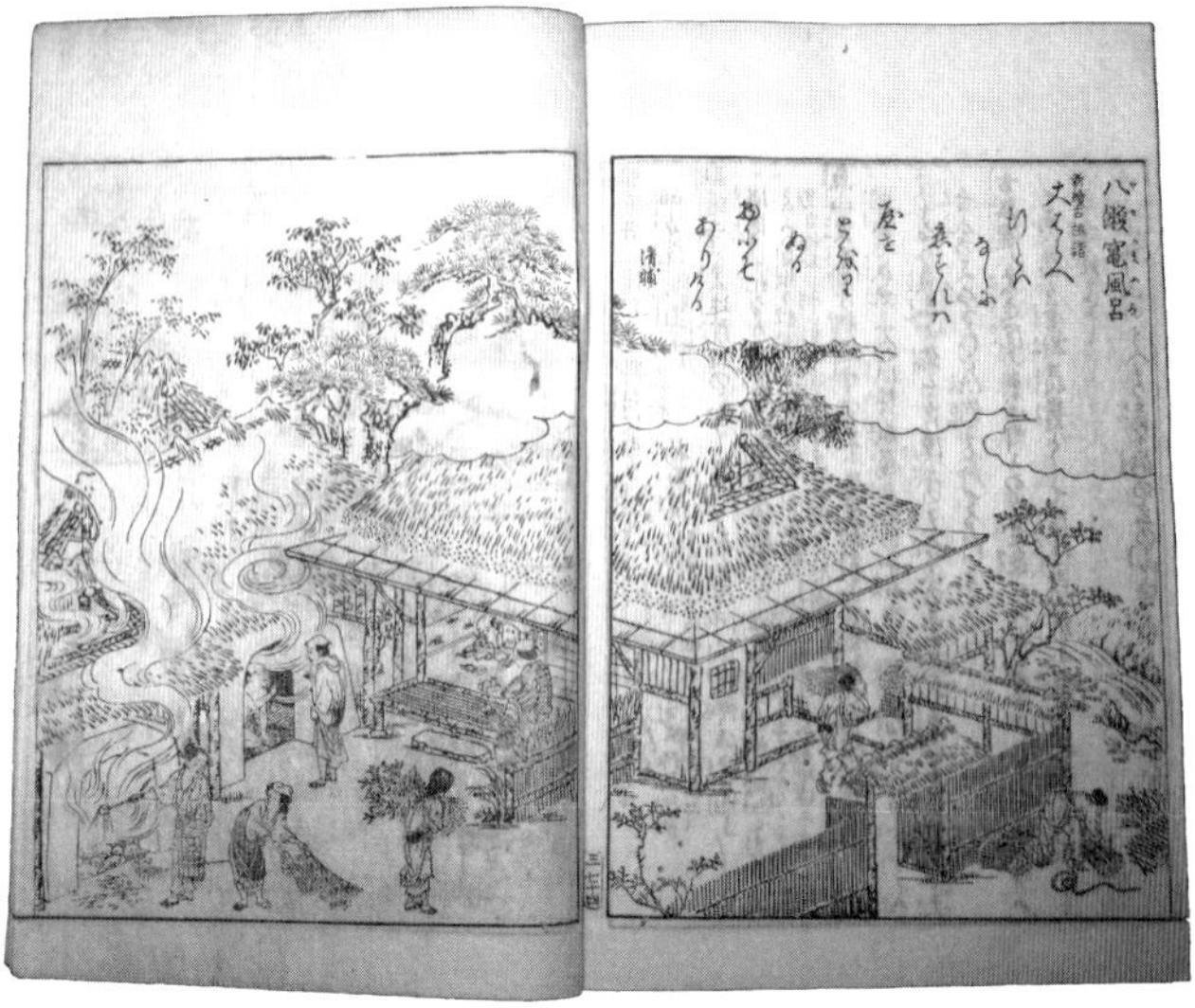

図3　『都名所図会』正編巻之三「矢背の里」竈風呂の絵

皇子と位を争った天武帝が北に逃れた時、追手の皇子軍の射た矢が背に当たったことによる地名（矢背）であること、その傷の平癒のため竈風呂《かまぶろ》が設えられ、当世にも七、八軒あることなどが述べられる。そしてそこに、里人の絵（図2参照）と竈風呂の絵（図3参照）の各一図が入っている。里人が粗朶《そだ》を運ぶさまを描いた挿絵には、書入れで「八瀬の里人はいにしへの風俗ありて、男も女のごとく髪をくるくると髷《わげ》、女も男の様に脛《はぎ》高くからげ、脚半《きやはん》は向ふのかたにて合せ、草鞋《わらぢ》の爪先の紐異なるは故《ゆへ》ある事にや」とその出で立ちを説明しており、土地の文化の実景を生き生きと写し出す図解が完成している。

ところで、この八瀬の里と人々は、近代、夏目漱石の『虞美人草《ぐびじんそう》』（明治四〇年（一九〇七））に登場している。京都を舞台に、作中の諸所にその風光が描き込まれるが、冒頭、叡山を登る坂の途中の場面で次のようにある。

百折れ千折れ、五間とは直に続かぬ坂道を、呑気な顔の女が、御免やすと下りて来る。身の丈に余る粗朶の大束を、緑り洩る濃き髪の上に圧へ付けて、手も懸けずに戴きながら、宗近君の横を擦り抜ける。……そこと指す指の先に、引つ着いて見える程の藁葺は、この女の家でもあらう。天武天皇の落ち玉へる昔の儘に、棚引く霞は長しへに八瀬の山里を封じて長閑である。[*4]

＊4 『定本漱石全集 第四巻』（岩波書店、二〇一七年）

ここでは、八瀬の里の歴史と文化（古代の戦の伝承と里人の固有の風俗）とが相俟って、文芸素材としての魅力を放つこととなっていると言えよう。

先行書物との関連

ここまで『都名所図会』の全体像を捉え、具体的な解説の有り様を見てきた。そこから浮かび上がるのは、個々の名所にまつわる多種の情報を取り合わせ、文学的表現を込めて読み物にまとめていく作者の姿勢である。では、作者はこれらの情報をどのように蒐集し、『都名所図会』の本文はどのように形づくられたのか。まず、作者と絵師が実地調査を行っていることは作中に明白であるが、同時に捉えておかなければならないのが、『都名所図会』における先行の類書の摂取である。[*5]

解説記事のなかに先行する地誌類と同一の古典文献の引用があることは、かねて指摘されてきたが、[*6]全体にわたって関連性を調査すると、作者が先行書の内容を取り込んで著した実態が明らかとなる。最も大きく依拠したのは坂内直頼の地誌『山州名跡志』であり、同じく直頼の年中行事書『山城四季物語』、大島武好の地誌『山城名勝志』、祇園祭の解説書『祇園会細記』も摂取している。古歌の収載には中世の名所歌集『歌枕名寄《うたまくらなよせ》』（澄月編）を参照したと見える。また、先述の四神に因んだ巻の編成に関しては、その先例とも言えるのが俳諧撰集の『野馬台集《やまとしゆう》』（知石《ちせき》編、享保四年（一七一九）刊）である。この俳諧撰集は、四神の名を掲げて名所に因む連句や発句を収める形式をとるもので、『都名所図会』がヒントにした可能性が考えられる。[*7]

そして、このような典拠関係の上に、本文をどう纏め上げたのか、その手法については、典拠の本文をそのまま取り込む場合と、要約したり、複数の先行書をもとに話を再編成するなど手を施して用いる場合とがある。たとえば、前項で取

＊5　『都名所図会』の先行書物との関連については、拙著『秋里籬島と近世中後期の上方出版界』（勉誠出版、二〇一四年）に詳述している。

＊6　『新訂都名所図会』解説（市古夏生氏執筆）（ちくま学芸文庫、筑摩書房、一九九九年）

＊7　『野馬台集』の編者知石は、作者籬島の俳諧の師系と近い関係にある。

り上げた「音羽山清水寺」の縁起の部分（延鎮と田村麻呂による草創譚）では、『山州名跡志』と『山城四季物語』の両書にありながら、この二書の間で叙述内容には差異のある寺伝の記述を取り合わせて繫ぎ、発願の霊夢から仏殿建立に至るストーリーを纏め上げた形跡が確かめられる。こうした本文編集過程での作者の手際と技巧には、見るべきところが大きい。

秋里籬島について

以上見てきたように、『都名所図会』は、旧跡の故事伝承を纏め上げ、古歌を盛り込み、あるいは風俗・実景の描写や自詠の詩歌を添えるなど、文学的表現を尽くした名所案内書であったと言える。では、その作者秋里籬島とはどのような人か。籬島は、その生涯において非常に多彩な文学活動を展開した人であった。[*8]

籬島の伝記は、『秋里家譜』（国文学研究資料館蔵）によって、先祖は鳥取の武家の流れを汲むこと、籬島は浄土真宗本願寺派に改宗したこと、京都の醒ヶ井五条に住んだこと等が明らかとなる。著作はおよそ三〇点あり、『都名所図会』より前には、小説『信長記拾遺』と俳諧作法書『誹諧早作伝《はやつくりでん》』（ともに安永五年

＊8　籬島の文学活動に関しては、前掲＊5拙著に詳述している。

（一七七六）刊）を著している。籬島の文学活動のなかで俳諧は殊に重要であり、当代の俳壇との関連について、当初は京都の貞門[*9]系俳人である福田練石《れんせき》の門に学び、のちには蕉風復興運動[*10]に連なっていった閲歴が確かめられる。また、後年には国学者・歌人である伴蒿蹊《ばんこうけい》の門で和歌を修めた。『都名所図会』に見出される豊かな文学性は、このような籬島の文化的基盤と教養から発現したものなのである。

『都名所図会』が評判を得て流行すると、以降、籬島は畿内各国を対象に名所図会を次々に執筆する。『大和名所図会』（寛政三年（一七九一）刊）、『和泉名所図会』（同八年（一七九六）刊）、『摂津名所図会』（同八年・十年（一七九六・一七九八）刊）、『河内名所図会』（享和元年（一八〇一）刊）である。ほかに街道を対象とした『東海道名所図会』（寛政九年（一七九七）刊）、『木曾路名所図会』（文化二年（一八〇五）刊）もある。また、京都関係の著作も、内裏と平安京の制度を解説した『京の水』（寛政三年（一七九一）刊）、季節の風物（桜・蛍・月など）ごとに観賞できる名所を掲げた『都花月名所』（同五年（一七九三）刊）、寺庭の解説に特化した案内書の『都林泉名勝《みやこりんせんめいしょう》図会《ずえ》』（同一一年（一七九九）刊）と続けて書いている。さらに、名所図会で創出した「図会」形式を用いて、読本《よみほん》（江戸時代

＊9　松永貞徳を祖とする俳諧の一派。

＊10　一八世紀後半の俳壇に起こった、芭蕉の精神・俳風の再生を目指す文学運動。

中後期小説の一様式）の領域にも進出した。中世の軍記を絵入りの読み物にまとめた作品群で、『源平盛衰記』を元にした『源平盛衰記図会』（同一二年（一八〇〇）刊）、『保元物語』と『平治物語』を元にした『保元平治闘《かつせん》図会』（享和元年（一八〇二）刊）等がある。

名所図会の流行と『都名所図会』の価値

『都名所図会』が京都の本屋の吉野屋為八から出版されたのは安永九年（一七八〇）であった。江戸時代中頃には、文化の中心が上方から江戸に移っていく、いわゆる文運東漸《ぶんうんとうぜん》の現象が起こっており、本作がこの文運東漸を経た時期の京都で誕生し、流行したことは、上方の文学界・出版界にとって非常に重要な意味をもつ。

『都名所図会』の制作・出版の経緯については、近世の随筆である西沢一鳳《いっぽう》『伝奇作書《でんきさくしょ》』と曲亭《きょくてい》馬琴『異聞雑稿《いぶんざっこう》』に記されている。『伝奇作書』では籬島が原稿と春朝斎筆の下絵を書肆に持ち込んで出版を乞うたとしており、『異聞雑稿』では書肆の立案で籬島と春朝斎に執筆・描画を依頼したとしているが、どちらも出来上がった本作の夥しい売れ行きと名所図会シリーズの隆盛を伝えている。そして、上方に発した籬島の名所図会の影響は、のちに江戸で、神田の草創《くさわけ》名主の斎藤氏（斎藤幸雄・幸孝・幸成）によって『江戸名所図会』（天保五年（一八三四）～同七年（一八三六）刊）が制作されることに行き着くのである。

『都名所図会』が文化史のなかに果たした役割を考えたとき、まずは、古代から同時代に至る土地の文化を、地理・歴史・文芸の間を自在に往き来して一作品に纏め上げる「名所図会」の方法を確立した功績があり、さらにこれが読者と文壇の関心を呼び起こし、後続作品群の出現を促すこととなった意義も大きいと言えるだろう。同時に、『都名所図会』が流布したことにより、籬島が取り纏めて描き出した名所旧跡をめぐる文化・文芸の記憶とイメージは、当代、そして後世の人々に広く共有される認識へと昇華していったと考えられるのである。

付記　本稿における『都名所図会』正編・拾遺編の引用および図版は架蔵本による。句読点は私に施した。なお、『都名所図会』正編・拾遺編の活字本には、竹村俊則氏編集『日本名所風俗図会　八　京都の巻Ⅱ』（角川書店、一九八一年）、市古夏生氏・鈴木健一氏校訂『新訂都名所図会　一～五』（ちくま学芸文庫、筑摩書房、一九九九年）等がある。

column コラム　京都と芸能――川端咲子

夢破る。門山伏が螺《ほら》の貝吹き立《たて》〳〵北嵯峨の。在《ざい》も山家も抜目《ぬけめ》なく。役《えん》の行者の跡を追ひ。朝夕してやる五器《ごき》膳器。五器の実《み》修行と知られたり。ア、やかまし。御奉礼《ごほうらい》殿貝吹《ふい》て下さんな。頼ふだ方のお気結ぼれ夜はろくに御寝《ぎよし》ならず。今とろ〳〵とお睡《まどろみ》。

『菅原伝授手習鑑《すがわらでんじゅてならいかがみ》』第四段「北嵯峨隠れ家の段」の冒頭である。『菅原伝授手習鑑』は、延享三年（一七四六）八月大坂竹本座初演、竹田出雲ほかの合作による浄瑠璃である。菅原道真に関連する様々な伝説を主筋に、道真をめぐる人間模様――道真の妻子と伯母、三つ子の梅王丸・松王丸・桜丸とその父白太夫、道真の弟子の武部源蔵など――が描かれた本作は、同年九月には京都嵐喜代三郎座で歌舞伎として上演された。物語の舞台となるのは京都・大坂・太宰府であるが、第一段の大内・加茂堤・道真館、第二段の石清水、第三段の吉田神社社頭、第四段の北嵯峨・芹生の里、第五段の大内と物語の大半が京都を舞台に展開する。

全五段の内、現在、文楽や歌舞伎でもっとも上演されるのは、藤原時平（敵）方と思われていた松王丸が、道真の子菅秀才の身替わりに我が子の首を討たせる第四段の中の「寺子屋の段」であろう。その直前に、現在は殆ど上演されないが、冒頭に挙げた詞章から始まる、「北嵯峨隠れ家の段」がある。道真流罪の後、御台所の園生の前（本文中の「頼ふだ方」は園生の前を指す）は、梅王丸の妻春と桜丸の妻八重に守られ北嵯峨に隠れ住んでいる。心痛の余り眠りの浅い園生の前の睡みを破るように、山伏が法螺貝を吹きたてるという不穏な様子から始まるこの段は、園生の前を捕らえに来た時平の家来相手に奮戦した八重は討たれ、園生の前は冒頭に現れた山伏に連れ去られて終わる。この山伏が実は松王丸であったことは次の「寺子屋の段」で明らかになる。

園生の前が身を隠していた嵯峨の地には、身を隠す地、あるいは追われる者を匿《かくま》う地というイメージがある。『源氏物語』で、六条御息所が斎宮となった娘に付き添う形で、光源氏から離れて棲《す》まったのは嵯峨の野宮《ののみや》であった。『平家物語』で祇王祇女仏御前が尼となって棲んだ場所も、高倉天皇の寵を受けた小督が身を隠した場所も嵯峨であった。平家滅亡後に平維盛の子の六代が母と共に身を隠していたのも嵯峨である。

貞享二年（一六八五）頃、大坂竹本座で『三世相《さんぜそう》』（近松門左衛門作）という浄瑠璃が上演される。新町の実在の遊女夕霧をめぐる物語であるこの浄瑠璃の二段目で、夕霧の元遣《や》り手が尼静三となり、夕霧の菩提を弔いつつ庵を結んでいるのも北嵯峨である。夕霧没後に世を儚んで北嵯峨の地に逼塞《ひっそく》する静三には、例えば祇王祇女仏御前の面影を見出すことができるのではないか。静三は追われる身ではないが、『三世相』の物語は、この庵室に追っ手を遁《のが》れて夕霧の娘の春姫が駆けこんでくるという展開になる。とすると、追われる者を匿う地「嵯峨」というイメージもまた引き継いでいるようである。

北嵯峨は、道真の伝説と関連する地ではない。『菅原伝授手習鑑』の作者が、北嵯峨に園生の前を隠したのは、物語や芸能を通して、嵯峨の地に積み重ねられてきたイメージを汲んでのことだったのではないか。嵯峨に限らず、このようなイメージの積み重ねを読み取れるのが京都という町であったともいえる。

梶井基次郎「檸檬」――奇怪な城の〈遊戯人〉

村田裕和

秘やかな楽しみ

平成二七年（二〇一五）、丸善京都本店が河原町通りに再オープンした。売り場の一角には文庫本の『檸檬』が平積みされ、その脇にはレモンを置くためのカゴまで用意された。[*1]

梶井基次郎の短篇「檸檬」には、いくつかの草稿や原型詩があることが知られている。その一つに「秘やかな楽しみ」と題された文語体の詩稿がある。「一顆の檸檬《レモン》を買ひ来て／そを玩ぶ男あり」と始まり、「丸善の洋書棚の前」に立って、「独り　唯ひとり、心に浮ぶ楽しみ／秘やかにレモンを探り／色のよき　本を積み重ね／その上にレモンをのせて見る」とつづく（／は改行を示す。図1参照）。

注

＊1　丸善ジュンク堂書店のツイッター・アカウント「丸善ジュンク堂書店劇場 @junkudo_net」二〇一五年八月一九日一四時一二分発信記事参照（https://twitter.com/junkudo_net/status/633869071272951809）。

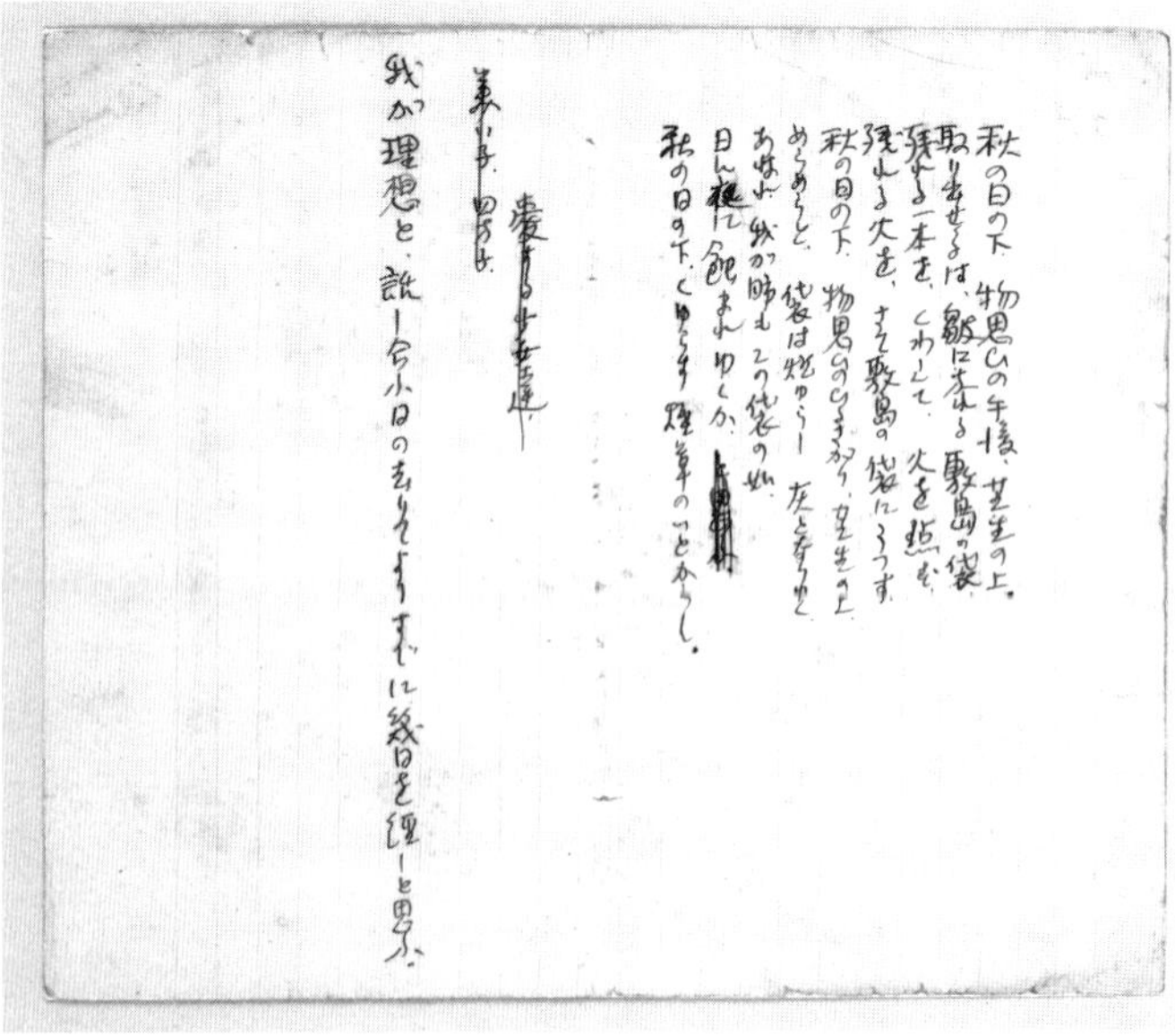

図１　詩稿「秘やかな楽しみ」（大妻女子大学総合情報センター図書館蔵）

図2　明治40年（1907）頃の丸善京都支店（三条麩屋町、丸善雄松堂株式会社蔵）

この詩をふまえるなら、「丸善」にレモンを置くという行為は、「秘やかな楽しみ」であって、それはいわば孤独な心が見出した一種の〈遊戯〉であった。ここで〈遊戯〉というのは、オランダ出身の歴史家ヨハン・ホイジンガが、「人間文化は遊びのなかにおいて、遊びとして発生し、展開してきた」[*2]のだと考察した文化的概念のことを含意しているが、このことは本稿の最後でもう一度ふれることとしたい。

現在、丸善書店にレモンを置くのは、こうした理由からではないだろう。小説「檸檬」への共感、あるいはその舞台となった書店への応援の気持ちなどであろうか。さらにいえば、レモンを置くことを通して、「文学作品」の世界に、あるいは京都という「都市の物語」に自分も参加したいというささやかな願望もあるのかもしれない（図2参照）。[*3]

設置されたカゴにレモンを置くだけであれば、心理的な抵抗感は少ない。丸善書店に詣でてレモンを供えるという儀式的行為は、まさに「聖地巡礼」[*4]としての楽しみを増幅させる。現代化された遊戯が、物語と読者をつなぐ一つのきっかけになっているのである。

しかし一方では、カゴの設置は宣伝効果を期待する書店の営業戦略にすぎないという冷ややかな見方もできるだろう。店はこれまでにも、記念、限定などとして、レモンの意匠を用いた文具などを販売してきた。小説では「気詰りな丸善」とまで書かれていたにもかかわらず、である。これはリーディング・カンパニーとしての矜恃《きょうじ》と余裕だろうか。あるいは激動の一五〇年を生き抜いてきた商売人のしたたかさだろうか。

企業やメディアが発する情報に対して受動的に、あるいは瞬間的に反応するのではなく、まずはひとりの読者として小説「檸檬」と向き合ってみることにしたい。

浮浪する「私」

「檸檬」は、同人雑誌『青空』創刊号（大正一四年（一九二五）一月）に掲載され、その後、著者唯一の創作集『檸檬』（武蔵野書院、昭和六年（一九三一））に収

＊2　高橋英夫訳、ホイジンガ『ホモ・ルーデンス』（中公文庫、中央公論新社、二〇一九年改版、原著・一九三八年）

＊3　一八六九年横浜で創業。薬店・書店・唐物店などを構える。書店は現在、丸善CHIホールディングス傘下の株式会社丸善ジュンク堂書店となっている。本稿では「丸善書店」と略記し、作中の「丸善」と区別する。

＊4　漫画・アニメ・文学作品の舞台（聖地）を実際に訪れること。二〇一六年度の「新語・流行語大賞」のトップテンに選ばれた。

録された。

　語り手は「私」。はっきりと書かれていないが、どうやら「学生」のようである。酒を毎日飲んだあとの「宿酔に相当した時期」がやって来て、「えたいの知れない不吉な塊」に心を抑えつけられ、その焦燥と嫌悪のために、「街から街を浮浪」しつづけている。

「私」は、自分の怠惰《たいだ》な生活を直視しようとしない。その代わり、この逃避的生活を正当化するかのように、「美」の問題を語り始める。「裏通り」を歩きながら、そこが「京都」から遠く離れた「仙台」や「長崎」ではないかという錯覚を起こそうと努め、「植物だけ」が勢いよく咲いているような「壊れかかった街」と「私の錯覚」との「二重写し」によって、「現実の私自身を見失う」ことを楽しむ。

　しかしこれは一つの逆説である。なぜなら、「私」はすでに「現実」のなかで自己の居場所を見失いかけていた。想像力による現実逃避は、彼をこの世界につなぎとめるために編み出さ

図3　メドゥーサのアンテフィクサ（前4世紀、メトロポリタン美術館蔵）。メドゥーサはゴルゴン3姉妹の中の1人。アンテフィクサは屋根瓦の端飾りで、鮮やかな彩色が施されていた。

れた一つの〈遊戯〉である。[＊5]

つづいて、小さな花火やびいどろなどが「私を慰める」と語られる。生活が乱れる前に「私」が好ましいと感じていた「丸善」の世界に対して、今の「私」には裏通りや小さな玩具などが好ましいものである。[＊6] 寺町二条角の「果物屋」（八百屋）は、そんな「丸善」の対局にある世界である。並べられた果物は、「華やかな美しい音楽の快速調《アツレグロ》の流れ」が、「ゴルゴンの鬼面」のようなものによって「あんな色彩やあんなヴォリウムに凝り固まった」ようだという（図3参照）。凝固した音というイメージは、冒頭の蓄音機とみごとに呼応する。無機質な複製技術の機械（蓄音機）に対して、果物店／檸檬は、「私」にだけ見える音楽をそこに閉じこめているのである。

そうしていよいよ「その日」、私は寺町二条の果物屋で檸檬を購入する。色彩の凝固というイメージが、もう一度示される。檸檬をたずさえた私は、五感全体でその果物を感じとり、「美的装束をして街を闊歩した詩人」を思い浮かべつつ、彼自身も街を闊歩《かつぽ》し、当時三条麩屋町《さんじょうふやちょう》にあった「丸善」に入る。ここで、ふたたび「憂鬱」と「疲労」を感じだした「私」は、重い画集を手当たり次第に積み重ねた挙げ句、その「奇怪な幻想的な城」のいただきに檸檬を据え付けるのだった。

＊5 大沢正道『遊戯と労働の弁証法』（紀伊國屋書店、一九九四年）は、遊戯は想像力の媒介によって、主体を外界（日常世界）と切り離さずに「全体」の中に取り込むものと指摘している。

＊6 大正時代の文学における廃墟や植物への偏愛、あるいは「ビーダーマイヤー」と呼ばれる市民的な小物・調度品の趣味については、川本三郎『大正幻影』（新潮社、一九九〇年）に詳しい。

中心・周縁・越境

「テクストとしての都市を歩き、メタテクストとしての文学の中の都市を歩いた」[*7]と評される前田愛は、ロトマンや山口昌男の文化記号論を参照しつつ、「都市小説論」という批評ジャンルを切り開いた文学研究者である。

前田は、秩序と混沌、文明と野蛮、インテリと民衆、コスモスとカオスといった対立項が、文学作品の場合には中心と周縁、内部と外部、都市部と場末といった空間的な構造において表されると指摘している。またその境界を越境することによって、隠されていた「両義性」が開示され、「もうひとつの生の可能性」が垣間見える契機になると述べていた。[*8]

その意味で、「檸檬」という小説は、現実の都市とテクストが相互補完的な関係にあって、なおかつ、内部空間あるいは秩序の中心としての「丸善」と、周縁部（果物店、壊れかかった街、仙台、長崎、カリフォルニヤ、活動写真の街）が、対立的にテクストに読み込まれた〈都市小説〉である。京都の都市空間を放浪する「私」は、檸檬を手にすることで、内部／秩序／中心へと越境し、檸檬をそこに

＊7　小森陽一「解説」（前田愛『都市空間のなかの文学』ちくま学芸文庫、筑摩書房、一九九二年）

＊8　前田愛「空間のテクスト、テクストの空間」（前掲＊7）

残して再び外部／混沌／周縁の世界へと脱出する。

　この丸善世界と裏通り的世界の対照的な関係には、精神と身体、学問世界と生活世界、理性と感性など、さまざまな二項対立的概念が重なっているように読める。丸善をあとにした「私」は、京極の活動写真街へと向かうが、ここにも、エリートと大衆、活字文化と視覚芸術、教養と娯楽といった文化記号論的な対立構造を読むことができる。さらに、ロゴス（論理）とパトス（情動）、意識と無意識、象徴界と想像界といった、哲学的・精神分析学的な関係性から読み解く試みも可能であろう。

　しかし、「檸檬」というテクストは、こうした二項対立だけでは割り切れない余剰を抱えている。この部分にこそ、テクストの「両義性」が隠されているように思われる。

学生の街

　寺町通りは、現在でも江戸時代からつづく老舗と現代的な店が軒を並べるユニークな通りである。戦前には、寺町二条の交差点を北から東へ、東から北へと

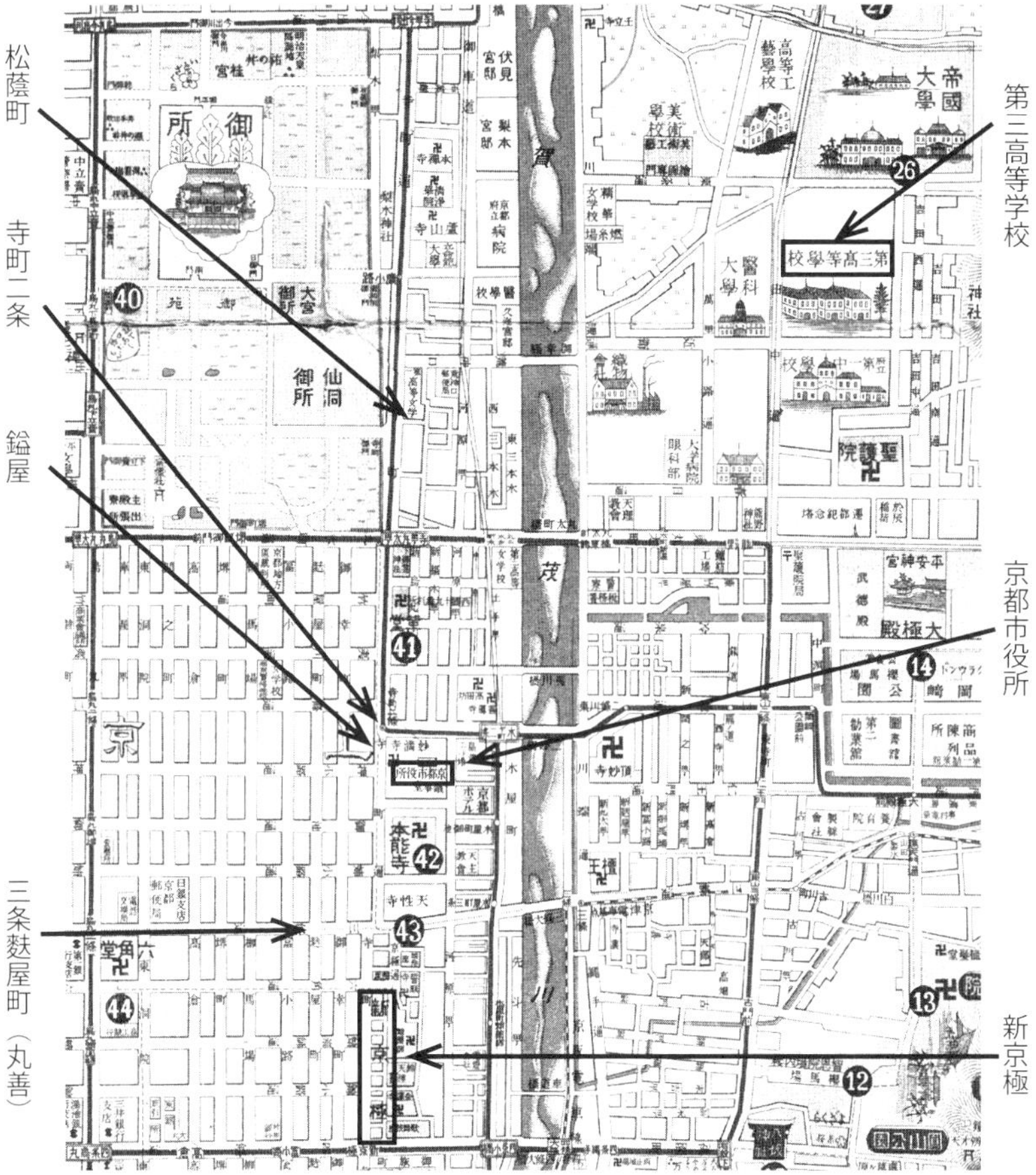

図 4 『最新京都市街地図』（駸々堂旅行案内部、1922 年）部分。京都市役所の南側の御池通はまだ現在のように拡幅されておらず、市電が通る北側の二条通りや寺町通りがメイン・ストリートであった。「檸檬」の草稿を執筆した当時の梶井は、寺町丸太町上る松蔭町に住んでいた。

市電が走っていた。現在、この交差点が直角カーブのような変則的な構造になっているのは市電軌道のなごりである（図4参照）。

梶井基次郎は、大正八年（一九一九）から同一三年（一九二四）春まで、第三高等学校の学生として京都に暮らした。旧制の高等学校は男子だけに門戸が開かれており、[*9]卒業生は地域や学部を問わなければ、ほぼ確実に帝国大学に進学することができた。未来を約束されたエリート予備軍、それが「学生」であった。

寺町通りは、こうした学生たちが日常的に散策する遊歩空間であり、寺町二条の鎰屋《かぎや》はそうした「学生」たちが好んだ優雅な喫茶室だった。[*10]彼らの生活と文化が「檸檬」に反映しているのだとすれば、放蕩《ほうとう》から来る生活の乱れを美的問題にすり替えるような「私」の意識構造を、単純に思春期にありがちな心情として扱うことはできない。

丸善書店は、明治の文明開化を支えた先進的な企業である。[*11]しかし同時に、「ロココ趣味の香水壜」などとあるように、人々の物欲をくすぐる舶来の贅沢品が並ぶ「消費」の空間でもあった。明治初期には書店以外に薬店や唐物店（輸入品店）もあったが、やがて後者の機能は書店の中に「洋品部」として取り込まれていった。「教養」と「消費」が結合した空間、丸善。明治・大正期の文学作品

*9　「高等学校令」（一九一八年）の第一条に、「高等学校ハ男子ノ高等普通教育ヲ完成スルヲ以テ目的トシ……」とある。帝国大学進学者も実質的にほぼ男子に限られていた。

*10　織田作之助『青春の逆説』（三島書房、一九四六年）に、「寺町二条の鎰屋という菓子舗の二階にある喫茶室へ上って行った。蓄音機も置かず、スリッパにはきかえてはいるような静かなその喫茶室が、三高生たちの記念祭の歌と乱舞で乱暴に騒がしかった」とある（織田作之助『わが町・青春の逆説』（岩波文庫、岩波書店、二〇一三年）参照）。

*11　創業者早矢仕有的（一八三七～一九〇一）は幕末に慶應義塾で福沢諭吉に学んだ。

にもたびたび登場する丸善は、知的エリート予備軍たち、あるいは芸術家をめざす若者たちにとって、あこがれの世界であった。[*12]

だがそれだけに、刻苦勉励《こっくべんれい》を怠ったり、放蕩・浪費の生活を送れば、その怠惰を責める無言の圧力となったことであろう。それは裏を返せば、学問的・社会的・経済的未熟さが入り交じった欠如（負い目）の感覚である。丸善の書棚と勘定台、そしてその間を浮遊する学生たちの姿から感じる重苦しさを、「借金取の亡霊のよう」と呼んだのは、まさにそのような負債＝負い目を「私」が思い起こすからであった。

私には足りない何かがある、補わねばならない能力・知識・技術がある、という感覚を植え付けることは、教育啓蒙活動の要諦である。[*13]この欠如（負い目）こそが、それを埋めようとする努力・向上心にリアリティを与え、自己の成長や人格の形成、あるいはそれらと結合した経済的成功（立身出世）といった物語を駆動させる。エリート予備軍としての「学生」たちには、とりわけそうした心的抑圧が強く働いていたことだろう。

＊12　寺田寅彦「丸善と三越」（『中央公論』一九二〇年六月）に、「中学時代の自分の頭には実際丸善というものに対する一種の憧憬のようなものが潜んでいた」とある（『寺田寅彦随筆集　第一巻』（岩波文庫、岩波書店、一九六三年改版）参照）。

＊13　寺田寅彦「丸善と三越」（前掲＊12）に、「ただ書棚の中に並んでいる書物の名をガラス戸越しにながめるだけでも……ただそれだけで一種の興奮を感じ刺激と鞭撻を感ずるのであった」とある。

「檸檬」は、明治以降の近代化によって誕生した京都の都市空間を舞台としている。読者は「私」の語りにしたがいながら、都市を歩くように物語を読んでいくことになる。反対に、物語内の「私」の歩みをたどりつつ、「京都」という都市の物語を読み解く楽しみ方も可能だろう。

だが、このテクストは、「京都」という地名を明示する〈都市小説〉ではあるが、「京都」でなければ成立しないという物語ではない。レモンを売る店と丸善に相当するような店があれば、物語の骨組みはできあがる。

丸善書店は、帝国大学が設置された都市に順次支店を開いたが、[*14]おのずとそこは首都もしくは地方の中核都市であり、学生が多く居住していたことになる。こうした地域にはレモンを売る店はもちろん、喫茶店、映画館も存在したであろう。「私」が想像した仙台や長崎と京都は、人口規模は異なれども、近代の地方都市という面では同等であって、仙台の第二高等学校に通う「私」が、長崎や京都を想像する物語であっても何ら不自然ではない。[*15]

*14 『丸善百年史　資料編』（丸善、一九八一年）などを参照。京都には一八七二年に開設されたが一八七九年に閉鎖され、京都帝大設置後の一九〇七年に再開した。

*15 長崎に丸善書店は開設されていないが、長崎は江戸期を通じて大陸・西洋の窓口であり、シーボルトの鳴滝塾をはじめ、幕末にかけて蘭学・洋学の一大拠点であった。各藩の俊英はこぞって長崎に「留学」を試みた。

さらに、長崎と仙台が、天正・慶長の遣欧使節を送り出した地域として共通している点に注目するなら、びいどろや南京玉が散りばめられたテクストには北原白秋や芥川龍之介ら大正文人を魅了した「南蛮趣味」のかすかな余香がただよっているとみることができる。南蛮趣味とは、戦国・安土桃山時代に日本にもたらされ、土着化もしくは日本的なものと混交した西洋文化もしくはキリスト教文化に対する愛好心である。これを「西洋」的なものへの淡い憧憬とみるなら、「私」の「二重写し」[*16]は、丸善世界への憧れにもかすかに通じていたはずだ。

だがいずれにせよ、京都が秩序の中心であるがゆえに物語が成立するのではない。「檸檬」という小説は、京都という土地の固有性を印象づけながら、そこに絶対的な必然性がなく、かえって「京都」が交換可能な記号にすぎないことを露呈してしまう〈反京都小説〉でもあった。

これと反対に、土地の固有性から切り離されて、交換されながら世界に流通する〈商品〉こそが、この物語世界の基盤を成している。どういう意味か？

流通する商品

＊16　「二重写し」は映画用語であり、オーバーラップの意。京極（新京極）へ向かう結末部への複線になっている。

まず丸善から考えてみよう。ここに並ぶ瀟洒《しょうしゃ》な贅沢品が京都に存在するのは、それらが世界を流通する商品であるからだ。書棚に並ぶ洋書や画集もまた同じである。それらは、京都だけに存在しているのではなく、たまたま京都が、それらの商品を需要する市場であったからにすぎない。この需要が、帝国大学などの高等教育機関の設置と連動したものであったことは先に述べたとおりである。

世界市場の形成、教養のグローバル化、複製技術の発達等々によって、知的エリートとその予備軍たちの世界観は、ますます複雑で和洋混交的になると同時に、ある意味では、無国籍的・画一的となっていった。「私」がこの小さな物語の中で語ったのは、ギリシア神話（ゴルゴン）、中国古典文学（売柑者言）、フランス新古典派絵画（アングル）である（図5・6参照）。百科全書的といえば聞こえはいいが、世界市場の形成と歩調を合わせるようにして、知的体系は地域的な固有性を失い、あらゆる物語・あらゆるイメージ

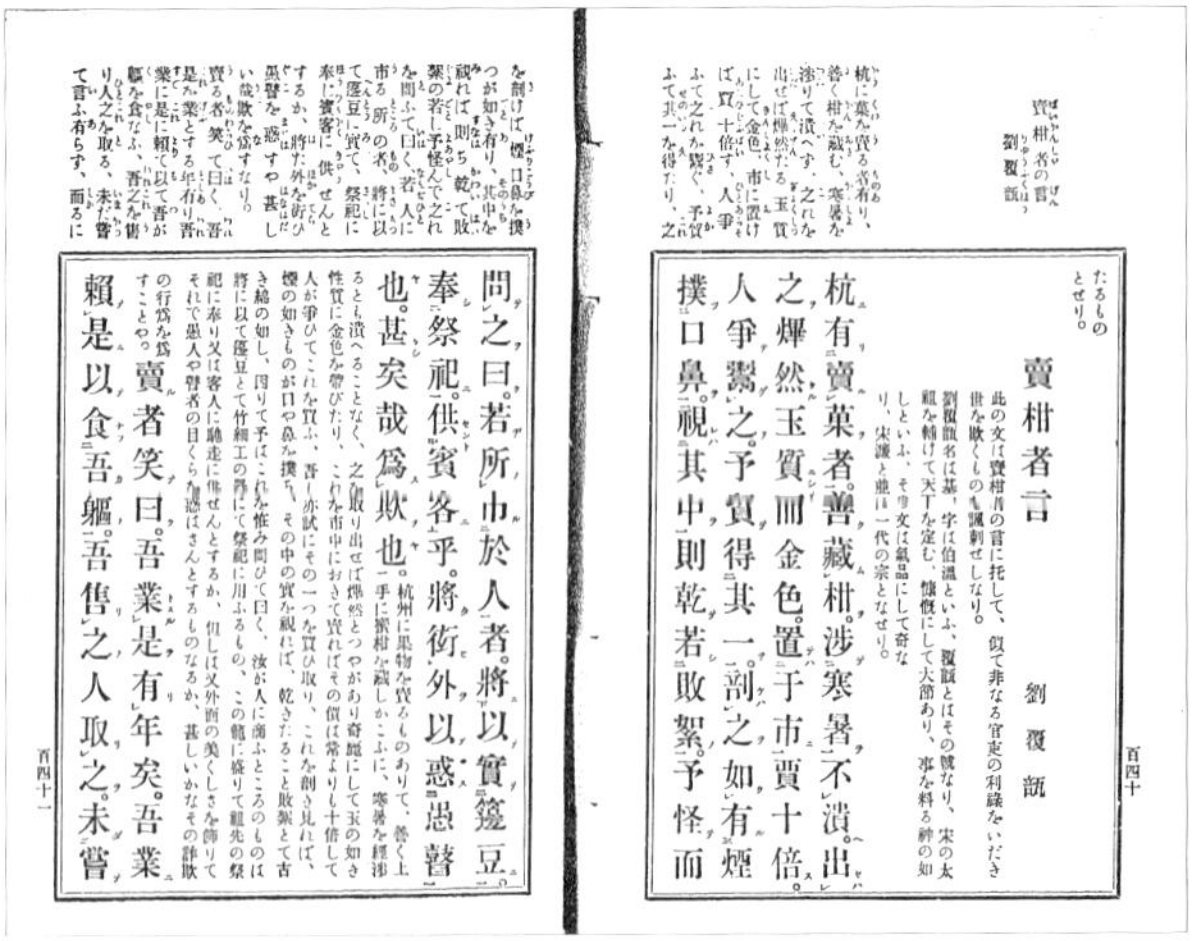

賣柑者言

劉覆瓿

杭有賣菓者。善藏柑。涉寒暑不潰。出之燁然玉質而金色。置于市賈十倍。人爭鬻之。予貿得其一。剖之如有煙撲口鼻。視其中則乾若敗絮。予怪而

問之曰。若所市於人者。將以實籩豆。奉祭祀。供賓客乎。將衒外以惑愚瞽也。甚矣哉爲欺也。賣者笑曰。吾業是有年矣。吾業賴是以食吾軀。吾售之人取之。未嘗

図5　劉覆瓿「売柑者言」（中村徳五郎校注『続文章軌範新註』文陽堂・松雲堂、1911年、国立国会図書館デジタルコレクション）。

図6　ドミニク・アングル「灰色のオダリスク」（1824年〜1834年頃、メトロポリタン美術館蔵）。

の断片が漂う世界ができあがっていった。「私」によって、脈絡なく積み重ねられた画集の山は、こうした丸善世界のメタファーである。世界市場としての京都、丸善、そして画集の山、これらは流動する商品と記号の城であり、入れ子状の「奇怪な幻想的な城」なのだ。

世界に流通する〈商品〉という点でいえば、丸善の画集と果物屋の檸檬の差異は、きわめて微細なものといわざるをえない。なぜなら、「それの産地だというカリフォルニヤが想像に上って来る」と記述されているように、檸檬もまた世界市場に流通するグローバル商品であったからだ。

当時、カリフォルニアは日本人移民の送出先として広く知られていた。初出誌に「檸檬」が発表された前年（大正一三年（一九二四））には、アメリカ合衆国でいわゆる「排日移民法」が大きな問題となり、日本国内の新聞メディアも、同年一月頃から連日これを報じていた。五月末に法案が可決し、七月一日に施行されるころには、国内世論の過熱ぶりもピークに達し、抗議の割腹自殺者まで出ている。[*17]

それゆえ当然のことながら、「私」が手に取った一個の果実が、日系移民労働者の手によって採取された可能性も十分に考えられたはずだ。[*18] 商品の世界的流通は、必然的に、商品としての労働力の世界的流通をも意味する。文字通り世界に流通する無数の身体（日本人に限らない）が、一個の果実の向こう側には確かに存在していたのである。

このような視点からみれば、檸檬は疎外された労働の結晶であり、土地（郷土）から遊離して放浪する労働力のメタファーである。だが残念ながら、「私」の意識は太平洋の向こう岸の現実にまでは及ばない。「カリフォルニヤ」は、仙台や長崎と同様に、西洋への憧憬がかすかにただよう空疎な記号にすぎないのである。

教科書風のノスタルジー

街を放浪する「私」は、憂鬱な丸善と対立するもう一つの世界、すなわち、裏

*17 『東京朝日新聞』（一九二四年六月一日付＝五月三一日発行、夕刊）。抗議自殺者は一人にとどまらない。

*18 一九一六年から一九一九年頃、カリフォルニアの日系移民労働者が『レモン帖』というタイトルの日本語文芸誌を刊行していたという。日比嘉高『ジャパニーズ・アメリカ』（新曜社、二〇一四年）参照。

通りや壊れかかった街、二重写しの想像、幼少期の記憶、カリフォルニアなど、想像力の媒介によって美化され、親密さを与えられた世界を漂う存在でもあった。丸善世界が、教養と消費の空間であり、学生＝知的エリート予備軍としてのふるまいを「私」に要請する規範的な空間だったとすれば、裏通りの世界は、五感や想像力によって、「私」をこの現実界に繋ぎ止めるための私的《パーソナル》な虚構空間なのである。

だが、「私」の五感と想像力を介して美的価値へと変換された檸檬は、裏通り的世界の結晶のようにもみえながら、同時に、世界市場に流通するグローバル商品でもあった。この両義性こそが、丸善世界への「私」の越境を可能としたのである。すなわち、檸檬は単に、美的価値の象徴であるがゆえに「私」に力を与えたのではない。むしろ商品＝労働生産物としての側面を捨象する想像力ゆえに、「私」は力を得て丸善世界に再び参入することができたのだ。

檸檬に対する「私」のこのような想像力は、自然なものではない。檸檬の香りから想起された「鼻を撲つ」という言葉に注目しよう。これは明代に編纂された模範文集『続文章軌範』[*19]に収められた教訓譚「売柑者言」の一節である。旧制中学校などで採用された国定教科書に掲載されていた。[*20]ここにもまた、びいどろと

*19 鄒東郭編のアンソロジー。文章作法書であり、精神修養、処世術書でもある。一五五四年頃の刊行。黄金色の蜜柑を十倍の値で売る者が、その蜜柑に託して、外見は金玉のごとく中身は古綿のような大臣・役人を諷刺する話。「之を剖くに烟有りて口鼻を撲つが如し」とある。『新釈漢文大系　第五六巻』（明治書院、一九七七年）参照。

*20 国語漢文研究会編『中等漢文教科書　巻五』（明治書院、一九〇三年）、林泰輔編『中等漢文教科書　巻五』（三省堂、一九二一年）など。

同様に、異国の言葉が響いているのだが、「漢文で習った」と断られている点に注意すれば、異国文化への憧れよりも学校教育へのノスタルジーが強く現れているとみるべきだろう。[*21]

漢文や唱歌の学習は、発話すること、歌うこと、すなわち教室という空間における発声の共有を伴う。それはいわば、びいどろを嘗《な》めて父母にしかられた「幼児のあまい記憶」につづく、第二の「あまい記憶」ではなかろうか。嘗めること（口唇の触覚・味覚）による快楽は、やがて、音読や声の共有という言語的・聴覚的快楽の時間に移行する。びいどろを嘗め始めたときから、異国文化への憧れは淡くかすかに成長していったのである。

学ぶことは単に欠如を埋め合わせるための苦行ではない。五官に響く快楽や、「軽く跳りあがる心」、いいかえれば〈遊戯〉と不可分の楽しみである。[*22]「私が尋ねあぐんでいたもの」が、漢文で習った言葉に導かれるようにして認識されたのはその意味で偶然ではない。丸善世界への憧れは、単に西洋文化への憧れでもなければ、丸善という店舗への憧れでもない。その一歩手前には、異国としての学問世界への肉感的ともいえる憧憬があったのである。

＊21 梶井基次郎「城のある町にて」（『青空』一九二五年二月）では、国定教科書や唱歌に示された「単純で、平明で、健康な世界」への憧憬が、「国定教科書風な感傷」と表現されている。

＊22 阿部昭「真剣な遊戯」（『ユリイカ』一九七三年二月）は、梶井の「文体の音楽性」「遊戯性に富んだ言葉の工夫発明」を評価している。

遊戯の心

「私」が丸善に惹かれもすれば、それを嫌悪しもするのは、丸善がすでに「私」という主体の一部となっているからだ。丸善とは、あらゆる事物・情報・人間が、流動する商品となって行き交う近代的世界の縮図である。それはある部分では、「西洋」的世界と言い換えられもしようが、もはや西洋に固有の経済システムではない。その中では、詩や音楽や絵画もまた、それぞれの文脈《コンテクスト》から切り離されて断片化し、複製されて流動する商品である。それらは香水瓶や鉛筆と本質的な差異をもたない。それが自分にとっての特別な何かだと感じたければ、檸檬に対してそうしたように、想像上の美的装いをほどこすしかないのである。

学習を積み重ね、丸善世界に浸った「私」の脳裡を去来する記憶やイメージの数々もまた、当然のことながら脈絡なく断片的である。その意味では、丸善とは「私」そのものであり、「抜いたまま積み重ね」られたのは、画集ではなく「私」の意識、「私」の教養である。一顆の檸檬は、この気詰まりで亡霊のような「私」に対して仕掛けられたのである。

物語は、資本の論理に覆われた流動の世界よりも、商品的価値をほとんど持たない生活世界の微少なものや、想像力によって仕立て上げられた空想的な美を称揚しているようにみえる。しかし、もし流動の世界＝丸善が粉葉みじんになるならば、その時、一瞬早く檸檬もまた砕け散っているはずである。だとすれば、檸檬の美しさなど幻想でしかないこと、一皮むけばそれがグロテスクで不吉な〈塊〉であることを、「私」は心のどこかで気付いていたのではないだろうか。「私」を丸善世界に安住させない「不吉な塊」こそ、「私」に仕掛けられた真の檸檬だったのである。

しかし、そうだとしてもなお美的装束をまとわずにいられないのが、「私」である。ただし彼の美的装束とは、静的な固有の美ばかりではない。それどころか、「私」の声をよく聞けば、彼が探し求めていたものとは、「奇怪な幻想的な城」であり、「奇妙なたくらみ」であり、あるいは「奇怪な悪漢」となることではなかったか。また、「総ての善いもの総ての美しいもの」としての檸檬を発見したのは、「思いあがった諧謔心」であった。奇怪さ、奇妙さを求める心は、異国文化への関心にも通じるだろう。あらゆる人間文化の根源に〈遊戯〉があると説いたホイジンガに従えば、「私」の「秘やかな楽しみ」とは、学問と美の源泉としての〈遊戯〉であり、その回復の希求だったのである。
ところで現在の私たちにとって、丸善世界とは何だろうか。ひょっとするとそれは、あらゆる事物と情報を観光資源に換算しようと腐心するこの気詰まりな都市・京都ではなかろうか？　もし、私たちがただ流動する消費者あるいは観光客の一人でいたくないのであれば、私たちもまた、自分自身の黄金色の爆弾を街のどこかにそっと仕掛けてみるべきなのだ。用意されたカゴの中ではなく。

付記　『梶井基次郎全集　全一巻』（ちくま文庫、筑摩書房、一九八六年）を使用した。引用に際し一部を除きルビを削除した。

三島由紀夫『金閣寺』――観光都市京都という〈場〉から考える

田中裕也

金閣寺の焼失と『金閣寺』執筆の経緯

金閣寺、正式名称・鹿苑寺《ろくおんじ》には現在、毎年六〇〇万人近くの観光者が訪れると言われている。その鹿苑寺を代表する建築物が、舎利殿《しゃりでん》の金閣である。この舎利殿は名前のとおり、三層の内、二層目と三層目の内外の壁面が金箔で覆われており（ただし二層目の内壁は黒の漆塗りである）、見る者の目を驚かせる。この「金閣寺」という呼称は江戸期にも確認できる。『都名所図会』[*1]では、鹿苑寺ではなく通称である「金閣寺」として立項されている。しかも同書の解説では「禅宗にして鹿苑寺ともいふ」と解説されており、正式名称よりも通称の方が世間に広く知られていたと思われる。このように近代以前から金閣という建物が寺の通称となってしまうほど、鹿苑寺にとっては重要であり寺を代表する建築物なのである。

注
＊1　秋里籬島『都名所図会』巻六（吉野屋為八、一七八〇年）

図1　金閣寺絵はがき（焼失前、戦前期のものと見られる）

建築物としての金閣はかつて国宝に指定されていた。しかし、現在は指定から外されている。それは昭和二五年（一九五〇）七月二日未明に金閣が放火により焼失してしまったためである。現在の二層と三層に金箔が貼られた金閣は、昭和三〇年（一九五五）に再建されたものであり、焼失前は三層のみに金箔が貼られていた。しかもその三層の金箔もその多くが剥げていたという（図1参照）。

この事件については「国宝金閣寺今暁焼く」（『朝日新聞』大阪版、号外、昭和二五年七月二日）という見出しで号外が出されるほどであった。火災当初は失火か放火か分かっていなかったが、当日の夕刻に鹿苑寺で徒弟僧であった林承賢《はやししょうけん》が逮捕される。事件の概要は次のとおりである。

【京都発】二日午前一時五十分ごろ京都市上京区衣笠金閣寺町臨済宗相国寺派別格地鹿苑寺（通称金閣寺）庭園内の国宝建造物、金閣から出火、全市の消防署から消防車十台が出動したが、コケラぶき、クスノキ造り南北五間半、東西七間の三層楼はすでに火炎につゝまれて手のつけようがなく、初期足利時代の代表的建築として知られた国宝の三層楼は内部の古美術品とともに、一時間後に全焼、境内にある夕佳亭など三十余りの他の建物は類焼をまぬがれた。市警では出火の前後から行方をくらました同寺の徒弟林承賢（二一）＝大谷大学支那語科一年生、福井県出身＝を二日午後七時放火容疑者として検挙した。[*2]

逮捕された林承賢は、金閣を放火した動機を当初、金閣の「〝美〟に対するねたみを抑えきれなかった」や「社会を騒がせたかった」[*3]と供述していた。林のこうした自分本位の動機は帝銀事件や光クラブ事件と同様に、戦後の身勝手な若者たちの犯罪、いわゆるアプレゲールの犯罪の一つとして扱われた（のちに重度の吃音や家庭環境が報じられたため、アプレゲール的な犯罪とは言い切れない側面もある）。

三島由紀夫はこの金閣寺放火事件の発生から六年ほど経った、昭和三一年（一九五六）一月から一〇月にかけて小説『金閣寺』を雑誌『新潮』に連載し、同年一〇月三〇日に新潮社から単行本を上梓《じょうし》した。本作は発表当初から高く評価されており、評論家の臼井吉見は「本年度の代表作」[*4]とし、『読売新聞』の「1956年のベストスリー」[*5]でも投票した作家・評論家すべてが『金閣寺』に票を入

*2　無署名「金閣寺全焼す／放火容疑者を逮捕／徒弟の大谷大学々生」（『朝日新聞』東京版、朝刊、第二面、一九五〇年七月三日）

*3　無署名「〝美しさ〟に反感／林、放火の動機を自供」（『朝日新聞』東京版、朝刊、第三面、一九五〇年七月四日）

*4　『日本経済新聞』（一九五六年一〇月六日）

*5　『読売新聞』（夕刊、一九五六年一二月二五日）

れている。現在でも三島由紀夫文学を代表する作品の一つである。
戦後、三島由紀夫は『親切な機械』（『風雪』昭和二四年（一九四九）一一月）や『青の時代』（『新潮』昭和二五年七月〜一二月）という、アプレゲールの犯罪に取材した小説を発表してきた。三島はアプレゲールの犯罪を小説化するにあたって、事件に取材したノンフィクション的な小説を創作したのではなく、当時の思想的な問題や社会倫理などに対する三島自身の思想を反映させている。[*6]
三島にとって、この金閣の放火事件は格好の材料だったのだろう。三島は金閣を絶対的な〈美〉の象徴として描く。そしてその絶対的な〈美〉である金閣を、林承賢をモデルとした溝口が放火するに至る過程を、告白体の形式で書いているのである。[*7]
昭和三〇年一一月五日から一九日にかけて三島は、京都で『金閣寺』執筆のための取材をしている。三島は「「金閣寺」を書くに当つて、京都へ取材に出かけたが、金閣寺自体からは面談・取材を断られた」のだが、「金閣寺は一人の見物人として、見られるかぎりのところを見、入れるかぎりのところへ入つて、使へさうな場所をことごとくノオトに採集した」[*8]という。現在も三島由紀夫文学館に三島が『金閣寺』執筆にあたって調査・記述した「創作ノート」が残っており、

＊6　拙稿「三島由紀夫「親切な機械」の生成—三島由紀夫とニーチェ哲学」（『日本近代文学』八四、二〇一一年五月）や拙稿「三島由紀夫「青の時代」の射程—道徳体系批判としての小説」（『昭和文学』六四、二〇一二年三月）に詳しい。
＊7　三島由紀夫『金閣寺』の〈美〉についての考察は、湯浅博雄「『金閣寺』における三島由紀夫のエステティックについて」（『国文学　解釈と鑑賞』七六―四、二〇一一年四月）や平野啓一郎「『金閣寺』論」（『群像』二〇〇五年一二月）に詳しい。また『金閣寺』の小説の構造については梶尾文武『否定の文体—三島由紀夫と昭和批評』第四章「他者の一人称—『金閣寺』論」（鼎書房、二〇一五年）を参照されたい。

『決定版三島由紀夫全集　第六巻』[*9]にも収録されている。われわれ読者も三島の取材の一端を確認することができる。その「創作ノート」を見ると、金閣だけでなく、鹿苑寺全体の建物の配置や、境内の名高い松や石などの景観の位置も記している（図2参照）。三島が金閣と共に、観光地としての鹿苑寺を描こうとしたことが分かる、興味深い資料である。

　しかも小説では、戦時下から戦後占領期の京都という、直接犯行とは関わりのない〈場〉の問題についても三島は描いているのである。その多くは京都の近代化と観光地京都という問題を写し取っている。『金閣寺』の主題から外れた要素のように見えるが、小説に潜む意外な問題が明らかになることもあろう。

『金閣寺』のなかの観光地・京都

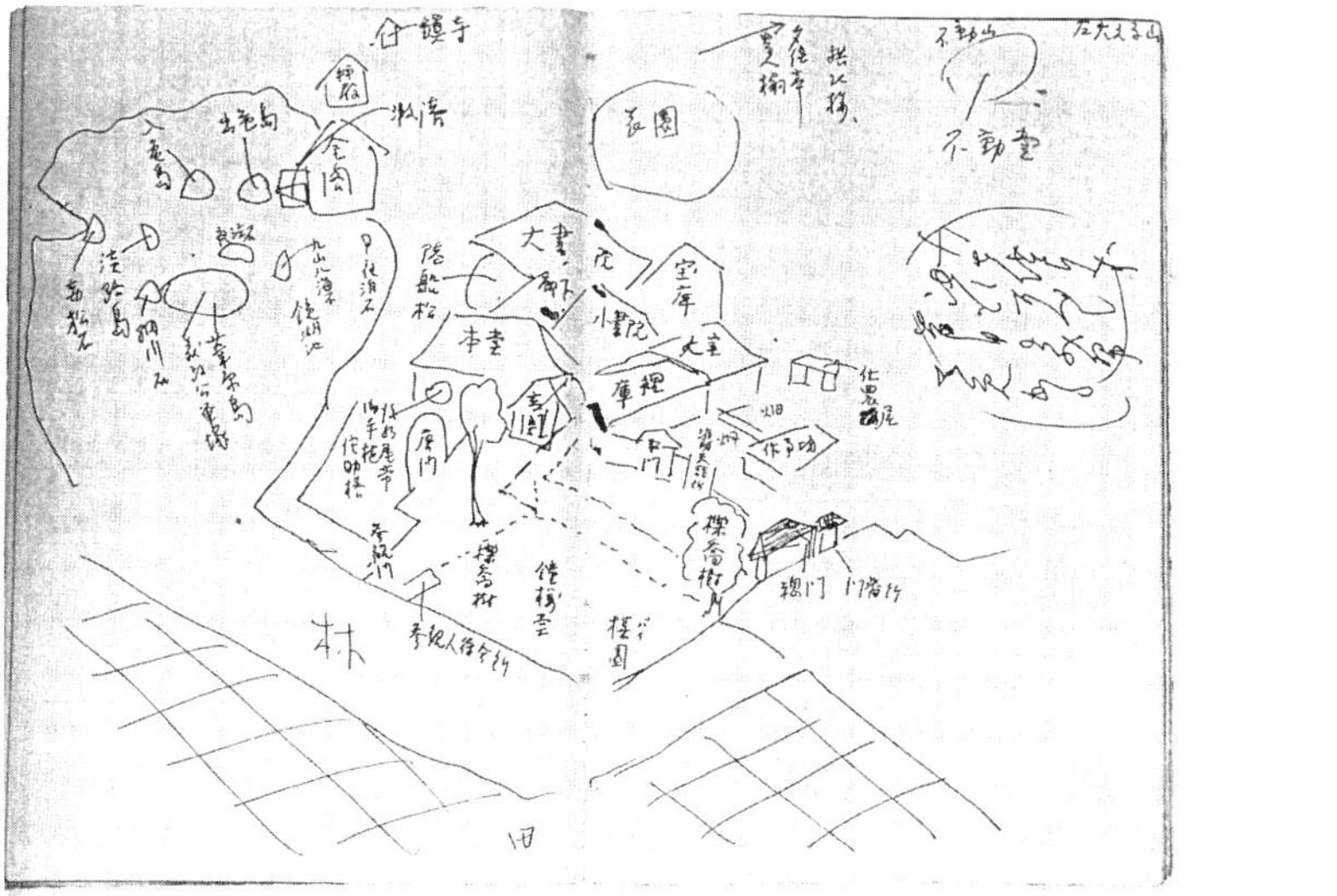

図2　『金閣寺』「創作ノート」（鹿苑寺の寺院内の構図が見開き二頁で描かれている）

先にも述べたように、三島は『金閣寺』執筆にあたって丹念に事件の背景を取材していた。しかし、それと同時にこの小説は、観光の〈場〉としての京都と金閣も巧みに描き込んでいるのである。

まずは溝口が「戦争末期の京都」で、同門の友人である鶴川と南禅寺を訪れた場面を見てみたい。

電休日の一日、私は鶴川と一緒に南禅寺へ行つた。まだ南禅寺を訪れたことがなかつた。私たちはひろいドライヴウエイを横切つて、インクラインに跨《また》がる木橋を渡つた。

五月のよく晴れた日であつた。インクラインはもう使はれてゐず、船を引き上げる斜面のレールは錆びて、レールはほとんど雑草に埋もれてゐた。その雑草には白いこまかな十字形の花が風にわなゝいてゐた。インクラインの斜面の起るところまで、汚れた水が淀み、こちら岸の葉桜並木の影をどつぷりと涵《ひた》してゐた。

（第二章）

この後、二人は南禅寺を見学し山門では歌舞伎『楼門五三桐《さんもんごさんのきり》』で有名な「石

＊8　三島由紀夫「室町の美学—金閣寺」（『東京新聞』夕刊、一九六五年二月二〇日）

＊9　新潮社、二〇〇一年

川五右衛門と同じポーズで景色を眺めてみたい」という「子供らしい気持ち」を抱いている。観光地で著名な作品の登場人物の姿をなぞらえようとしたことは、読者も一度は経験したことがあるはずである。『金閣寺』では溝口の暗い感情だけでなく、人間味のある心情も描かれているのである。ただここで注目して欲しいのは、作品には南禅寺だけでなく、近代に入ってから作られたインフラが描かれていることである。京都と大津の間で舟を輸送するためのインクラインや京都の道としては珍しい「ひろいドライヴウエイ」も観光地の一風景として描かれているのである。また次の場面も見て欲しい。

> 五月であつた。柏木が休日の人ごみを忌《い》み、平日に学校を休んで、嵐山へあそびにゆく計画を樹《た》てた。彼らしく、もし晴天だつたら行かず、曇つた暗鬱《あんうつ》な日だつたら行こうと言つた。彼は例のスペイン風の洋館の令嬢を伴ひ、私のためには彼の下宿の娘を連れて来てくれる手筈になつた。
>
> 　われわれはふつうに嵐電《らんでん》と呼ばれる京福電鉄の北野駅で待ち合わせた。当日は幸ひに、五月にめづらしい曇つた鬱陶《うつとう》しい天気であつた。

これは柏木と溝口が女性二人を連れて嵐山周辺（渡月橋・小督局《こごうのつぼね》の墓・亀山公園）を散策する場面である。この場面でも名所旧跡を描くだけでなく、通称「嵐電」と呼ばれる京福電鉄を使い嵐山に向かう場面を描いている。この京福電鉄は、昭和一七年（一九四二）に解散した京都電灯株式会社の子会社である、京都電気鉄道から引き継ぐかたちで設立された会社である。親会社である京都電灯株式会社は名前のとおり、電気事業を営む会社であった。主に京都市から蹴上《けあげ》の発電所の電気供給を受け、配電を行っていた。[*10]

なぜこの二つの場面を取り上げたかというと、三島がどこまで意図して書いたのかは不明だが、そこには近代的なインフラの整備の歴史が重層的に描かれているからである。南禅寺では第一琵琶湖疎水の開削（明治二三年（一八九〇）完成）の際に、南禅寺敷地内に水路閣がつくられるとともに、大津と京都の間で船を輸送することを目的としたインクラインが作られた。こうした京都という都市の初期の近代化としての設備が小説に描かれている。しかしそのインクラインは小説内では、「もう使われてゐず、船を引き上げる斜面のレールは錆びて」しまっている。一方でインクラインの脇を通る「ひろいドライブウエイ」が描かれる。これはいわゆる京都市が明治期末から大正期にかけておこなった「京都市三大事

＊10 『京都電灯株式会社五十年史』（京都電灯、一九三九年）

業」と関わっている。この事業とは、つぎの三つである。
①第二琵琶湖疏水の開削
②上下水道の整備
③道路改築と市電の敷設
その際に京都の南禅寺の西にある三条通りと東海道がつながる道路（現・府道一四三号線）は拡張されている。明治四四年（一九一一）発行の『最新踏査京都新地図』（図3参照）では、南禅寺周辺の道路は拡張されていないが、大正二年（一九一三）発行の『京都市街全図』（図4参照）では、平安神宮前の二条通から繋がるかたちで道路が拡張されていることが分かる。また『京都市三大事業誌』[*11]によると東山の道路周辺は明治四四年六月に道路拡築工事の申請が行われたようである。完成した時期は不明だが、このことからも明治四四年から大正二年にかけて南禅寺前の道路は拡張されたことが分かる。また京都市電蹴上駅があるために、この道路は変則三車線であったという。

また嵐山への移動の場面で使われた京福電鉄も、もとは「京都三大事業」に関連して開業した電鉄であった。戦時下の配電統制令で京都電灯が解散させられ、それを引き継ぎ発展させたのが京福電鉄であった。このように『金閣寺』では、

＊11　第四編・第五編（京都市役所、一九一四年）

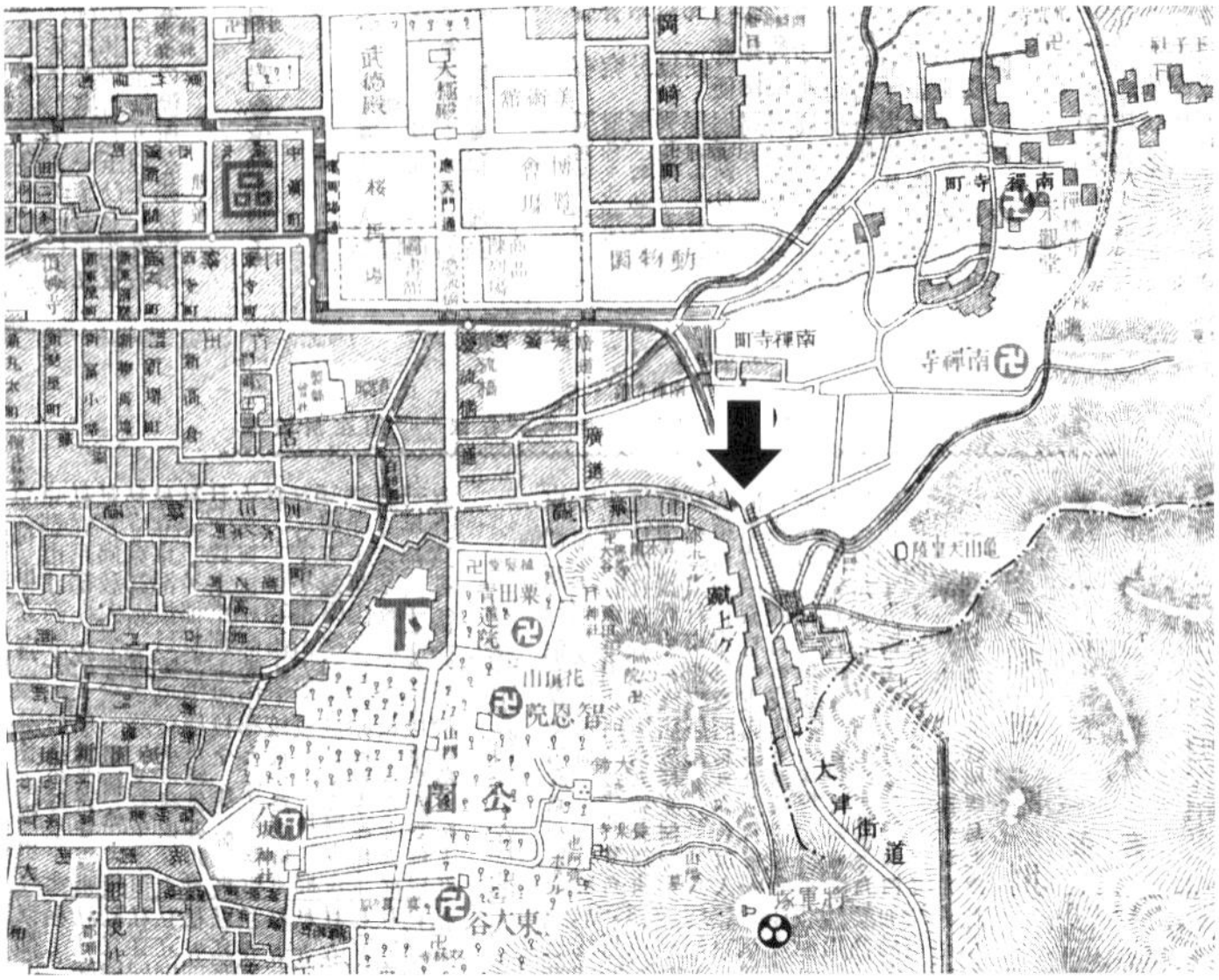

図３　『最新踏査京都新地図』（国際日本文化研究センター蔵、一部改変）

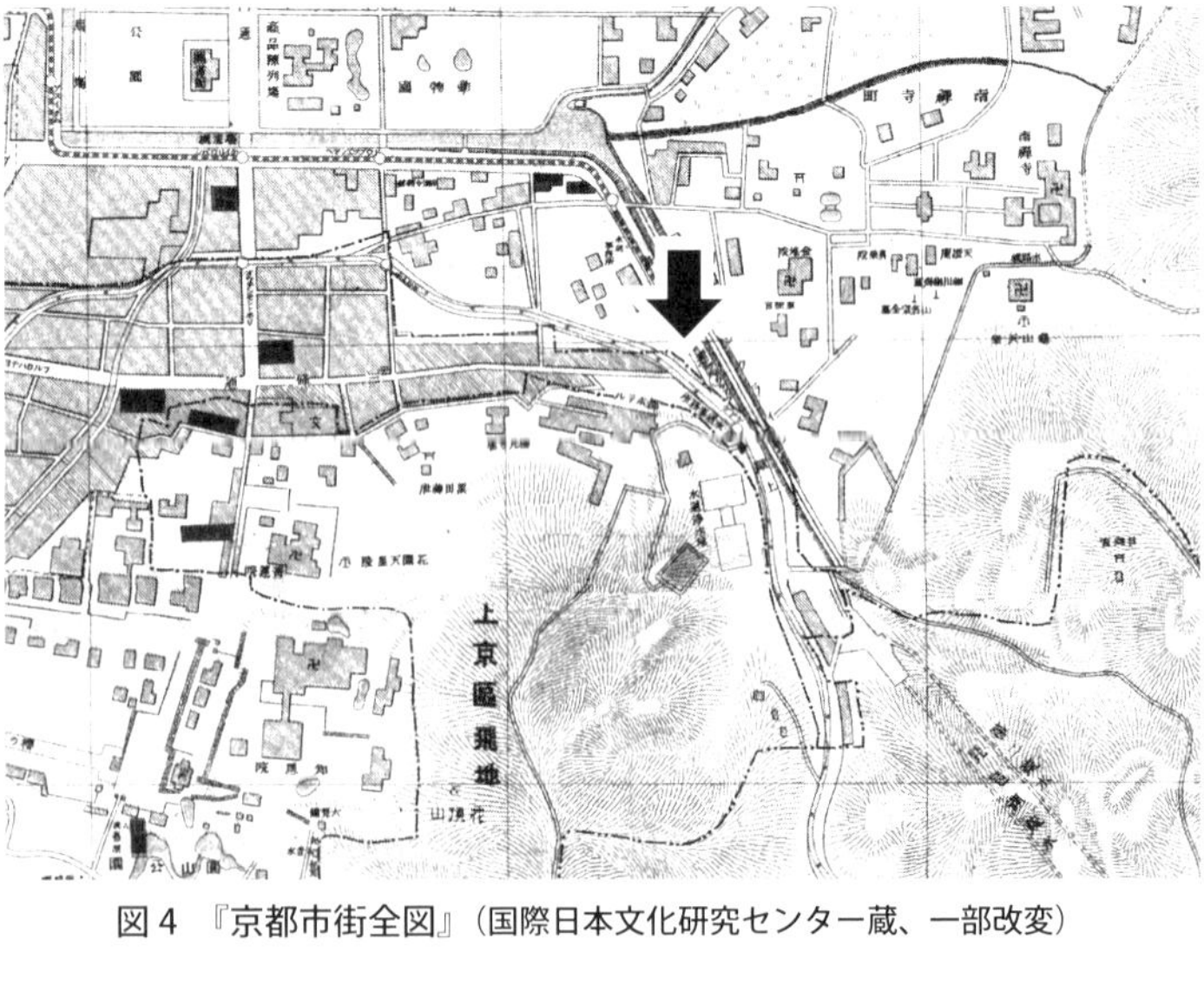

図４　『京都市街全図』（国際日本文化研究センター蔵、一部改変）

「京都三大事業」時の京都から、戦時下・戦後の京都へと繋がる近代都市の変容が描かれているのである。インクラインは舟運が盛んであった当時の社会では重要な設備であった。しかしその設備もやがて古くなり、観光地となる。そしてまた京都では新たなインフラ設備が作られ、重ねられていく。京都という都市は「伝統」という古くから続くものだけでなく、新しい近代的建築物も同時に併存し、またそれも古くなり観光地となっていく。小説『金閣寺』は金閣寺の放火事件と三島の美学だけを書いたのではなく、観光都市京都に潜む、重ね塗りのような歴史の重層性をも描いた小説とも言えるだろう。

観光地としての金閣と『金閣寺』

『金閣寺』では、戦後の金閣と観光との問題も描かれている。

金閣の見物はおひおひ数を増した。老師は市に申請して、インフレーションに即応するやうな拝観料の値上げに成功した。

今まで金閣の拝観者は、軍服や作業服やもんぺ姿の、つつましいまばらな客でしかなかつた。やがて占領軍が到着し、俗世のみだらな風俗が金閣のまはりに群がるにいたつた。一方、献茶の習慣もよみがへり、女たちはあちこちへ隠してゐたとつておきの華美な衣装を着て、金閣へ昇つた。かれらの目にさらされる私たち、私たち僧衣の姿、それは今でははつきりした対照をなし、まるでわれわれは酔興に僧侶の役を演じてゐるかのやうであつた。或る地方の珍奇な風俗を見にやつて来る観光客のために、殊更昔の珍奇な風俗を固守してゐる住民のやうに。……とりわけ米兵たちは、無遠慮に私の僧衣の袖を引張つて、笑つたりした。あるいはいくばくの金を差出し、記念写真をとらせるために、僧衣を貸してくれ、と言つたりした。（第三章）

この文章には戦後京都の観光と金閣をめぐる、三つの問題が内包されている。一つめは、拝観料の問題である。鹿苑寺が近代以前から拝観に際して金銭を徴収していたことは曲亭馬琴『羇旅漫録《きりよまんろく》』（享和三年（一八〇三））にも記されている。近代にはいってからは明治三一年（一八九八）、内務省令第六号で、宗教的な「参拝」という行為に対して金銭を徴収することは禁じられたが、「殿堂、庭園、什宝ヲ観覧」するためには拝観料を徴収してもよいと認められた。京都の近代化と観光地化が進むにつれ、拝観料を値上げしていったことが知られているが、観光客は減るどころか増加したという。『金閣寺』の文章からは戦後の観光地として金閣が復活し、華やかな雰囲気があったことが窺われる。

二つめには、占領下の京都と金閣の問題が浮かび上がってくる。戦後、戦争の被害が少なかった京都は、進駐軍によって洋風住宅やホテルなどが接収され、西日本におけるＧＨＱの一大拠点となっていた。また当時の新聞でも、進駐軍の関係者がアメリカから京都へ入洛し、金閣を観光する人びとが記事になっている。例えば昭和二二年（一九四七）一〇月二日の『京都新聞』では「米保証調査団一行入洛」という見出しが立てられ、その一団は「あさ京都軍政部で在らく社会保険関係者と懇談」をし、「午後は嵐山、金閣寺、清水、鳳山、知恩院を観光」している。このように金閣は戦後日本人だけでなく、進駐軍にとっても観光地として利用されていたことがわかる。『金閣寺』では米兵が娼婦と金閣を訪れ、溝口は妊娠していた娼婦の腹を踏むように言われ、溝口は米兵に従う場面がある。京都での米兵が実際にこうした残酷な行為をしていたかは不明だが、「将兵のための娯楽施設提供を促す司令部指令があ」り、娯楽施設として映画館やキャバレー施設を提供したことが分かっている。[*12] もちろん『金閣寺』の娼婦とキャバレーの

＊12　『吉本八十年の歩み』第十二章「付帯事業」（吉本興業、一九九二年）

女性たちとは異なるが、京都でも進駐軍の男性と日本の女性が接触する〈場〉があった。三島の小説のなかにも、敗戦―占領という問題が写し取られている。[*13]

そして三つめは、〈見る〉〈見られる〉という、観光地特有の現象についてである。観光するということは特有の場所を〈見る〉という行為であり、そして〈見る〉ということはかならず〈見られる〉対象がそこにある。よく用いられる例だが、外側からは見えづらいが、内側からは外がよく見える紅殻格子《べんがらごうし》は、観光都市・京都の〈見られる〉ということを意識した建築だと言える。『金閣寺』の溝口が戦後、観光都市として復活した京都のなかで自らが僧の役割を演じているように感じることは、〈見られる〉ということから自己を規定していることにほかならない。

溝口は〈見られる〉ことを意識しているが、前節で見てきたように、溝口も南禅寺や嵐山という観光地、そして金閣を〈見る〉のである。つまり溝口のなかでも〈見る〉と〈見られる〉が併存している。ただし、『金閣寺』で描かれる観光地は京都市街の中心部ではなく、周縁ばかりであることは注意しておく必要がある。

その一方で『金閣寺』のなかで京都の街中が描かれた場面がある。それは溝口

＊13　三島由紀夫の小説と進駐軍の関連性については、南相旭『三島由紀夫における「アメリカ」』（彩流社、二〇一四年）や西川祐子『古都の占領―生活史から見る京都１９４５―１９５２』（平凡社、二〇一七年）に詳しい。ただし西川は同書のなかで三島が帝銀事件に材を取った小説を書いたとしているが、それは誤りである。三島由紀夫の小説『親切な機械』の中で、登場人物が帝銀事件についてどう思うかを訊かれている。しかし『親切な機械』は京大生の哲学的殺人事件に取材したものである。

が新京極で映画を観て帰る途中に、鹿苑寺の住職である田山道詮和尚に出会う場面である。

土曜の除策（それは警策を除く意味で、かう云ふのである）を幸い、三番館ぐらいの安い映画館で映画を見てかえるさ、私は久々に新京極をひとりで歩いた。その雑沓の中で、よく見知つた顔に行き当つたが、それが誰だか思い出されぬうちに、顔は人波に押し流されて私の背後に紛れてしまつた。

その人はソフトをかぶり、上等な外套とマフラーを身につけて、明らかに芸妓とわかる銹朱《さびしゅ》いろのコートの女と連れ立つて歩いてゐた。桃いろのふくよかな男の顔、普通の中年紳士にはたえて見られぬ異様な赤ん坊のやうな清潔感、長めの鼻、……他ならぬ老師その人の顔の特徴を、ソフトが殺してゐるのだ。

（第七章）

溝口は「避けたい気持ち」を抱くが、そのすぐ後に偶然、道詮和尚と芸妓に再会してしまう。そこで溝口は和尚から「馬鹿者！　わしを追跡《つ》ける気か」と叱咤されるのである。新京極は明治に入ってからできた通りであり、演劇や映画館などが立ち並ぶ繁華街であった。そうした場所で溝口は女性連れの和尚と出会ってしまう。道詮和尚の女性に関する噂は溝口も聞いていたが、実際にその場に出くわしてしまったのである。つまり溝口は〈見てはいけないもの〉を見てしまったのである。まさしく京都市中では〈見る〉〈見られる〉よりも、〈見てはいけないもの〉は見て見ぬふりをしなければならない。近代において都市、という人々が役割（仕事）をする公的な空間と対置するかたちでプライベートな空間が重視される。しかし京都という狭い町では、都心部で人びとは出くわし、ときにプライベートが曝《さら》されてしまう。そこで人びとは〈見てはいけないもの〉を見て見ぬふりをするのである。まさしく〈見えないもの〉としてしまうのである。しかし溝口は意図的ではないが、それを見てしまう。

この〈見る〉〈見られる〉という問題は『金閣寺』の主題としても大きな意味をもっている。[*14] かつて溝口は母が縁者の倉井と密通しているところを見かけたところ、生前の父によって「目隠し」されて、それを〈見る〉ことから免れる。このように父から〈見てはいけないもの〉を隠され、父から手を解かれたあとも自ら目を閉じ〈見えないもの〉としたのである。しかし母や和尚の現実的な性に対しては、醜いものとして描いており、溝口の見たいものではなかった。溝口の見

＊14 平野啓一郎「『金閣寺』論」（前掲＊7）

たかったものは、脱走兵の恋人を裏切った際の有為子の顔であり、心に描いた金閣であった。溝口にとって有為子と金閣は、「美」の問題を有した存在として扱われていく。

有為子が脱走兵の恋人に射殺された後も、溝口が女性たちを〈見る〉際に、有為子が〈美〉の基準として立ち上がってくる。また同様に金閣も溝口の性―生を阻むかたちで、しばしば溝口の前に美しい姿で浮かび上がってくる。いずれも実体としてではなく、溝口にとっての観念的で彼岸的な存在として、である。溝口は、恋人を裏切った有為子を「今こそ俺のものなんだ」と思い、金閣が戦争で燃え尽きると信じる際には「私たちの運命にすり寄つて来た」と感じるのである。しかしこの二つの出来事は、現実に〈見る〉ことが適わない。

溝口は〈見えないもの〉、見えなかったものを見たいという不可能な願いを抱いているのである。そして、溝口は生を阻害する「心象の金閣」という絶対的な〈美〉に近づこうとして放火を実行する――。

このように『金閣寺』という小説は、観念的な〈美〉の問題を扱っているが、同時にその舞台である観光都市・京都の姿を写すことで、〈見る〉〈見られる〉〈見えないもの〉という主題の補助を行っているのである。

ふと思うのだが、『金閣寺』では観念的な〈美〉を「虚無」とも言い換えていた。もしかすると、この主題はかつて天皇がいた、空白の都心をもつ古都・京都に既に内包されていたのかもしれない。

付記　『金閣寺』の引用は、『決定版三島由紀夫全集　第六巻』（新潮社、二〇〇一年）に拠った。

川端康成『古都』――文学から見る京都の諸相

池田啓悟

失われてゆく古都の物語

近代文学研究に都市空間論という方法を持ち込んだ前田愛は、遺稿となった『文学テクスト入門』の中で「文学テクストというのは、絶えずユートピア的なるものを目指している。……文学作品は、支配的な意味システムから欠落している部分、そういう世界を描く。つまり支配的システムにない場所、トポスをつくり出す」と指摘している。[*1]

「支配的な意味システム」とは言うなれば我々の日常を覆う価値観の体系であり、文学作品はそうした日常生活の中から排除されたもの、なかったことにされてしまうものを描いているというのだ。

もちろん、文学作品がそうした「支配的な意味システム」の側に与《くみ》している

注
＊1　前田愛『増補　文学テクスト入門』（ちくま学芸文庫、筑摩書房、一九九三年）

と思える面もあるだろう。だがそんなときでも、同時にシステムのほころびもまた作品は抱え込んでいる。文学作品を読むということは、そうしたせめぎあいの中に参加していくということだといえるかもしれない。

このような視点を導きに、川端康成の『古都』を読んでみよう。この作品は『朝日新聞』に昭和三六年（一九六一）一〇月八日から翌年の一月二三日まで、一〇七回にわたって連載され、同年六月に新潮社から刊行された（図1参照）。これまでに三度映画化されている。

そこに描かれているのは、ある面では連載とほぼ同時期の京都の姿と言える。[*2]「ある面では」と断ったのは、川端は連載中のインタビューで「この古い都のなかでも次第になくなっていくもの、それを書いておきたいのです」[*3]と語っており、「春の花」「尼寺と格子」「きものの町」「北山杉」「祇園祭」「秋の色」「松のみどり」「秋深い姉妹」「冬の花」の全九章の中に京都の平安神宮、嵯峨、御室仁和寺などの名所や葵祭、五山送り火、時代祭などの年中行事が随所に散りばめられたこの物語は、「同時代の京都」というより失われてゆくかつての京都の名残が書きとめられているともいえるからである。

話の展開は一応赤子の頃に捨てられ、呉服問屋の佐田太吉郎の家に育てられた

＊2　三谷憲正「川端康成『古都』試論―《衰滅》の予兆と萌芽の予感と―」（『稿本近代文学』二〇、一九九五年一一月）は当時の『京都新聞』と突き合わせ、現実と作品との一致やずれを詳細に検討している。

＊3　「文化勲章―笑顔も明るい受賞者」（『朝日新聞』一九六一年一〇月一九日）

＊4　山本健吉「解説」（川端康成『古都』新潮文庫、新潮社、一九六八年）

＊5　「美の存在と発見」（一九六九年五月）

＊6　「『古都』作者の言葉」（『朝日新聞』一九六一年一〇月四日）

図１　川端康成『古都』（新潮社、昭和 37 年（1962））

千重子と、その双子の姉妹苗子との交流を軸にしているが、「京都の風土、風物の引立て役としてこの二人の姉妹はある」[*4]とも言われる物語である。

それでは、「古い都」から「次第になくなっていくもの」とは何か、そして何がそれを奪っているのだろうか。

川端康成と京都

川端は、大阪市に生まれたが、早くに両親を亡くし、祖父母に引き取られて現在でいう茨木市に住んでいた。また京都については「わたくしのふるさとは……見どころのとぼしい農村ですから、半時間か一時間で行ける京都を、ふるさとのようにも思っています」[*5]と語り、頻繁に訪れている。

その一方で「私は京都をよく知りません」[*6]「中村登監督は「古都」を……外からながめた京都、いはば、よそ者の京都のつもりにしたと言つたが、これは原作をよく知つた解釈で、かへつて、映画の成功をもたらしたと思ふ」[*7]とも言っており、故郷のように思いながらも、ついに余所者でしかないという形で自分と京都との距離感を語っている。

そんな川端にとって、京都はまず「山の見える町」としてあったようだ。「「京都と云へば君、四條通りを歩いてゐてふと頭を上げると、目の前に山があるのだからね。」と、僕は東京の誰彼に云つたものだ」[*8]と語っている。実際の郷里を「見どころのないとぼしい農村」と言いつつも、「山のふもとの小さい村」[*9]とも表現しており、京都から見える山々は故郷へと連なるものとして眺められたのではなかっただろうか。

ところが、昭和三五年（一九六〇）前後あたりから京都の変貌を嘆くような発言がみられるようになる。例えば昭和三五年一月一日の『毎日新聞』に掲載された「古都など」で、「去年の十一月、しばらくぶりで（京都行きの特急「はと」に――引用者注）乗ると……京都の町のひどく変つてゐるのにおどろいた。古都としての京都の町はやがて壊されてなくなつてしまふ、戦後のつまらぬ地方都会のやうになつてしまふ」[*10]と語っている。

『川端康成詳細年譜』で確認すると、毎年のように京都に行っているが、昭和

＊7　「古都」（『きょうと』三一、一九六三年四月）

＊8　「西国紀行」（『改造』一九二七年八月）

＊9　「私のふるさと」（『週刊サンケイ』一九六三年七月一五日）

＊10　小谷野敦・深澤晴美編（勉誠出版、二〇一六年）

三三年（一九五八）一月一日から同三四年（一九五九）一一月一一日までだいたい二年くらい間が空いている。「しばらくぶり」とはこの期間を指すのだろう。

京都の町並みにあらわれた変化の中で、特に川端が嘆いたのは「山が見えない」ということであった。「山が見えない、山が見えない。近ごろ、私は京都の町を歩きながら、声なくさうつぶやいてゐることがある」[*11]「みにくい安洋館が続々と建ちはじめて、町通りから山が見えなくなつたのである。山の見えない町なんて、私には京都ではないと歎かれた」[*12]といった調子である。

『古都』が発表された昭和三六年というのは、高度経済成長期の「岩戸景気」（昭和三三年〜同三六年）の最中であり、数年後には東京オリンピックや大阪万博が開催され、それにあわせて全国の交通網が急速に整備されていた時代であった。[*13]作品発表後のことであるが、京都タワーの建設やそれに対する反対運動、双ヶ岡の売却など、「第一次景観問題」と呼ばれる出来事が相次いだのもこの時期である。

そうした中、昭和四一年（一九六六）に「古都保存法」（正式には「古都における歴史的風土の保存に関する特別措置法」）が制定される。この法律が成立する直接の契機は鎌倉の景観問題であったという。[*14]川端の歎いた古都の変貌は、京都に限

*11 「京都」（『毎日新聞』一九六二年八月九日）

*12 「都のすがた—とどめおかまし」（東山魁夷『京洛四季』新潮社、一九六九年）

*13 野口祐子「川端康成『古都』におけるすみれの花と時間感覚」（『京都府立大学学術報告・人文』六一、二〇〇九年一二月）ではこの時期の京町屋の急激な減少と京都の町の変化を関連づけて論じている。

*14 川名俊次「古都保存法制定の背景と実際」（『都市計画』一七六、一九九二年八月）

らず日本の各地で社会問題化していたのである。

こうした変化は作品にも影を落としている。例えば呉服問屋の佐田太吉郎は、南禅寺近くの売家を見に行くが、大通りの家の多くが料理旅館や大きい団体宿になっていることに失望し、「そのうちに、京都じゅうが、料理旅館になってしまいそうな、いきおいやな……大阪、京都のあいだは、工場地帯になってしもたし」と嘆く。この作品で太吉郎は京都の変化に落胆する役回りを担っている。

こうしてみてゆくと、川端の言う「次第になくなっていくもの」とは、直接的には街の景観（町から見える風景や建物）であり、間接的にはそこで暮らす人々の持つ雰囲気のようなもの、と言えるだろうか。

それらは二つの別のものではなく、山を覆うような「みにくい安洋館」が並ぶのは、そこに暮らす人々がもはやかつての生活の雰囲気をうしなってしまったことからくる。これらをあわせて「京都らしさ」と呼んでいるのであろう。

そうすると、この作品は高度経済成長期の価値体系の中で押し進められる変化によって「次第になくなっていく」「京都らしさ」を描こうとした、とまずは言えるだろう。

モダン都市としての京都

だがここで「京都らしさ」の別の側面を考えてみたい。千年の都を誇る京都だが、明治になり東京への遷都によって大きな打撃をうけ、それを積極的な再開発による近代化で乗り切ろうとする動きがあった。明治二三年（一八九〇）に完成した琵琶湖疏水事業と、その疎水を利用した蹴上発電所（日本最初の水力発電所、図2参照）はそうした近代化を代表するものである。京都は近代都市でもあったのだ。

こうした点は作中でも「千年の古都は、また西洋の新しいものを、いち早く、いくつか取り入れたことが、知られている。京の人には、こういう一面もあるのだろう」と触れられている。つけ加えるなら、これは京都人の性質などに還元されるようなものであるより、

図2　第二期・蹴上発電所跡（旧発電所）。蹴上発電所そのものは作中に登場しないが、京都の近代的な側面を象徴する存在である。

このままでは京都が衰退してしまうかもしれないといった強い危機感に根差すものであっただろう。

川端が愛した街並みも、こうした近代化の流れの中で明治の末から大正にかけて行われた「三大事業」のひとつである大規模な「道路拡築」によって生まれたともいえる。[*15] これによって狭隘《きょうあい》だった既存の市街の道路は拡幅され、現代に通じる京都の姿が形づくられたからだ。

さらに、植生史の研究は、東山などの京都近郊の山々は明治中ごろまでははげ山であったことを指摘している。[*16] それが明治の砂防や植林によって大きく変化した。川端が見た山はそれ以降のものなのだ。

象徴的なのが平安神宮（図3参照）だろう。この神社は明治二八年（一八九五）に京の都千百年を記念して建てられたものである。その桜も含め、直接古い歴史に連なるものではない。

そして作品はそのことをあまり気に掛けた様子はないし、隠そうともしていない。平安神宮の由来も書いてあるし、あるいは町屋についても、
中京の町屋は、明治維新前の「鉄砲焼き」、「どんどん焼き」で、多く焼け

＊15 「三大事業」とは、西郷菊次郎京都市長によって一九〇六年に提唱された積極的な都市経営計画であり、第二琵琶湖疎水の建設、上水道の敷設、道路の拡築（および市街鉄道の敷設）の三つを指す。京都市市政史編さん委員会編『京都市政史　第一巻』（京都市、二〇〇九年）参照。
＊16 小椋純一『絵図から読み解く人と景観の歴史』（雄山閣出版、一九九二年）、中川理『京都　近代の記憶』（思文閣出版、二〇一五年）
＊17 「鉄砲焼き」「どんどん焼き」は、「禁門の変」などと呼ばれる元治元年（一八六四）に京都で起きた武力衝突による火災の通称である。

うせた。太吉郎の店もまぬがれなかった。
だから、そのあたりに、でんがら格子、二階のむしこ窓の、古い京風の店がのこっているにしろ、じつは、百年とは経っていないのである。

と書かれている。[*17] このように作中に描かれた古都イメージをひとつひとつ確認していくと、その多くが明治に再構築された京都イメージであるであることに気づかされる。

そして、かつてのモダニズムの象徴だった日本最古の市電に対して「この老いぼれた「ちんちん」電車を、今日まで、動かせていたところにも、「古都」があるのかもしれなかった」と書いているように、「古都イメージ」は日本古来の伝統にこだわっているわけでもなく、明治に生まれたものもまた新たな伝統として受け入れている様がさりげなく書かれている。

図3　平安神宮。物語の要所に登場する平安神宮は、この作品のありようと重なる場所である。

実際川端は、「残された古都のかはりに、人々が新しい「京都」の町をつくってくれさうな気配は、今のところ、ほとんどみられない」とも書いており、これは否定的な形ではあるのだが、「新しい「京都」の町」をつくる可能性に触れているといえるだろう。

そうしてみれば、川端が嘆いているのは変化一般ではない。「私は戦後の世相なるもの、風俗なるものを信じない」[*18]と語ったように、戦後の風俗の一端としてあらわれた変化を拒絶しているのであって、それとは違った変化の可能性までが閉ざされているわけではない。

例えば川端は「京都は焼けてゐないから、いまの盛り場などの新旧ごつたまぜ、ごつたかへしは、私に戦前、いや大正震災前の浅草に似たところもあるかと思はれて、さういふ奇妙な郷愁を誘はれたりもした」[*19]と述べ、盛り場に限定した話かもしれないが、浅草と京都を重ねて見てもいる。京都は、単に日本古来の古都としてだけではなく、古いものと新しいもの（あるいは、かつて新しかったもの）との共存する場所として捉えられているのである。

作品に照らし合わせていうならば、その役割を担うのは千重子であろう。彼女は幼いころに生き別れた双子の姉妹、苗子に「お嬢さん、お店を少し、おてつだ

＊18　「哀愁」（『社会』一九四七年一〇月号）

＊19　「古都など」（『毎日新聞』一九六〇年一月一日）

いしておみやしたら、どうどすやろ」といわれ、最初は「あたしが……？」と驚くばかりであった。

しかし、その後、養父の太吉郎に頼んで幼なじみの竜村の店に出かける。太吉郎は「あら、外人向きの店やで……」と乗り気ではなかったが、千重子は「外人好みの絹は、どんなやろ思て」と答えている。これは苗子の言葉をきっかけに、千重子が店の行く末を考え始めた上での行動と見ることもできるだろう。

太吉郎、千重子の店は西陣織を扱う問屋だが、考えてみれば西陣織そのものが両義的な存在である。西陣（図4参照）という地名は応仁の乱（応仁元年（一四六七）～文明九年（一四七七））のとき、細川勝元が京都の東側に陣取った際、山名宗全が西側に陣地を置いたことに由来している。戦ののち荒廃した西陣の地に織工たちが住み着いた。時代は飛んで明治になり、宮廷で使われる織物が需要の大きな部分を占めていた西陣は、東京への遷都により大打撃を受ける。

こうした状況を切り抜けるため、打った手がフランス・リヨンへの技術伝習生の派遣であった。そして彼らが持ち帰ったのがバッタン、ジャガードなどの当時の日本にはなかった新しい織機である。西陣織が伝統工芸であることは間違いないが、同時に当時の最先端の技術を積極的に取り入れた産業でもあったのだ。近代の西陣がたどった歴史は、京都の歴史の縮図ともいえるものであった。

太吉郎が京都の変化を嘆く存在であるならば、娘の千重子は「新しい「京都」の町」を見据えた存在と言えるかもしれない。[*20] もっとも作品は千重子が店をどんな方向に持っていくのかを描くはるか手前で終わるのだが――。

〈朝鮮の女たち〉と京都

さて、『古都』には次のような興味深い場面がある。太吉郎が妻のしげと千重子を御室仁和寺の花見に誘った際、花見客の「飲めや歌えの騒ぎ」「狼藉」を目の当たりにして「えらいことになつてしもてるのやなあ」と帰ろうとしたとき、次のような光景を目にする。

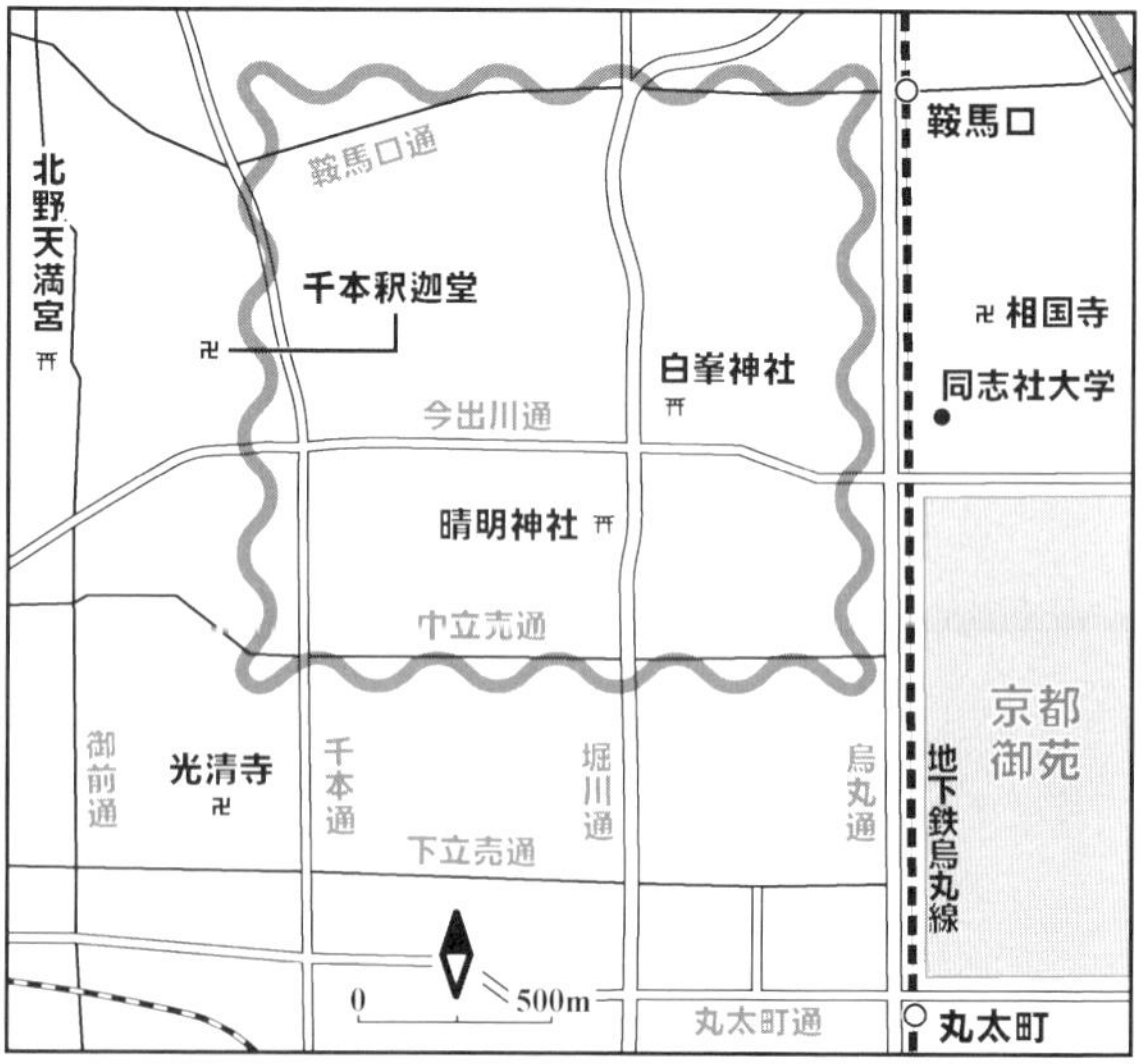

図４　西陣周辺地図。おおよそ南北は中立売通から鞍馬口通まで、東西は室町通から千本通までが西陣とされる。

帰ろうとすると、桜の林の反対の、高い松の木の下の床几で、朝鮮の六七人の女たちが、朝鮮の服で、朝鮮の太鼓をたたいて、朝鮮の踊りを踊っていた。よほど、この方にみやびた風情があった。松のみどりのあいだに、山桜ものぞいていた。

桜という日本の象徴ともされる花の下で、大騒ぎする（おそらく）日本人の酔客よりも、〈朝鮮の女たち〉の方に、「みやびた風情」を感じるという、ある種のイロニーを感じさせる場面である。

川端は「京都の町は京都らしさを損じ、あるひは失つてはゐないだらうか。……自然の美の尊びも、町づくりの美も踏みやぶつてゆく、今の日本人はすさまじい勢ひ、おそろしい力である」[＊21]と言っているが、桜見の酔客は、そのような「今の日本人」の「すさまじい勢ひ、おそろしい力」のあらわれのひとつであり、川端が拒絶した「戦後の世相」「風俗」というものだろう。

ところで、この花見の場面に描かれた〈朝鮮の女たち〉とは何者であろうか。現在であれば、観光にやってきた外国人旅行者をまず思い浮かべるところである。

＊20　先に触れた三谷（前掲＊2）も、千重子に「現実に対処する力強いたくましさ」を見ている。また田村充正「作品「古都」のダイナミズム」（『静岡大学人文学部人文論集』四六―一、一九九七年七月）は京都に循環的時間構造を、千重子に直線的時間構造を読んでいる。細部に違いはあるが、いずれも千重子に未来志向を読み取っているといえる。

＊21　「町づくり」（『毎日新聞』一九六二年八月九日）

しかし、作品の舞台となっている昭和三六年、北朝鮮民主主義人民共和国との国交はなく、韓国は政治的な動乱の最中にあった。例えば昭和三五年には不正選挙に端を発する学生デモが激化、ついに当時の李承晩政権を倒すことになる。そして混乱の中、同三六年五月には朴正熙少将を中心とした軍人グループによるクーデターがあった。そのような時期に、優雅に観光旅行に出かけることができた人がどれほどいただろうか。

実際、『出入国管理統計年報』（昭和三七年（一九六二）一二月二七日）で確認してみると、出入国管理令第四条一項四号「観光客」に該当するものは、「朝鮮」からの入国三一名となっている。昭和三六年に観光目的で日本を訪れたものは、日本全国で一年間に三一名しかいないのである。

とすると、彼女ら〈朝鮮の女たち〉は日本に住んでいたと考えた方が自然だろう。水野直樹の「京都における韓国・朝鮮人の形成史」[*22]は、明治四三年（一九一〇）前後には一〇〇名から二〇〇名程度の朝鮮人労働者が宇治川水電工事などの土木工事に携わっていたこと、その時期はまだ「出稼ぎ」的な色彩が強かったこと、一九二〇年代には土木労働者より繊維産業従事者の方が多くなること、一九三〇年代には日本に定住する人々が増えたことを指摘し、「京都に住んでいた朝

＊22 『民族文化教育研究』（一、一九九八年六月）

鮮人の主たる仕事は京都の伝統産業」であり、「京都の伝統産業は（あるいはその一部は）朝鮮人によって支えられていた、といって過言で」はないと述べている。

川端は「西陣にはずゐぶん気の毒な暮しもありますやうで、これまでの映画なども それを撮りたがるやうですが、「古都」では避けました。私にはあまり向きませんし、「古都」のこれまでの調子とそぐはない気がいたします」[*23]と語っている。

川端の言う「ずいぶん気の毒な暮し」は西陣の機織業全体を指したものであり、特に下支えをしていた朝鮮人労働者を指したものではなかっただろう。そうした存在を知っていたかどうかもわからない。[*24]また、作中に出てきた「朝鮮の六七人の女たち」も京都在住なのか、あるいは近郊から花見にやって来たのかは作中に書かれておらず分からない。

そういう意味では、直接関係はないのかもしれない。だが、「これまでの調子にそぐわない」として作品の中心からは遠ざけられた存在、あるいは作者の意識にはなかったかもしれない存在、そういったものたちも、作品内の記述にふと目を止め、これはいったいどういうことだろうかと問いかけ、調べていくことによって文学作品の奥底から立ち上がってくる。

*23 「「古都愛賞」にこたへて」（『朝日新聞PR版』一九六二年一月一三日）

*24 一方で川端は「死者の書」で朝鮮から連れてこられた幼い娼婦を描き、「海」では土木工事に携わる朝鮮人の一団を描いている。全く無関心だったわけではないようだ。

太吉郎が失われてゆく京都を嘆く役割であり、千重子がこれからの京都へつながる存在であるとするなら、この「朝鮮の六七人の女たち」は京都の表の歴史からは追いやられてしまったもうひとつの近代を知らしめる存在であると読むことができるだろう。

終わりに——京都の諸相

それでは最後にまとめてみよう。川端康成『古都』は、まず高度経済成長期を生きる「今の日本人」の「すさまじひ勢ひ、おそろしい力」によって奪われつつあった「京都らしさ」を描いた作品であった。当時の経済的利便性優位の価値観の中で失われつつある場所として京都を描いたと言えるだろう。

ただ、作品に描かれた「京都らしさ」をひとつひとつ確認していくと、平安京以来の千年の伝統に直接つながるものはほとんどなく、その多くが明治期に作られたものであった。そして明治期の京都はモダン都市でもあり、そこに注目すればかつてのモダン都市の側面と伝統的イメージの共存する場所として京都が描かれていることにも気づかされる。こうしたモダンな側面というのは、「古都」イメージに覆われてはいるが、作品の中に確かに書き込まれている。

そして最後に、作中でわずか一箇所、ほんの数行ではあるが描かれていた「朝鮮の六七人の女たち」の姿は、通常京都の歴史を考える上では見落とされてしまうような存在をこの作品が確かに書きとめていたことをあらわしている。

著名な文学作品の中にも、私たちが見落としさえしなければ、幾層にも重なった京都イメージが取りこぼしてきた存在が、確かに書き込まれているのである。

このように、文学を読むことで、「貧しいもの、醜いもの、差別されたものを正当に見すえる社会的想像力」へと私たちは誘われるのである。[*25]

伝統的な古都、モダン都市としての京都、さらに表の歴史からは黙殺されがちな京都の裏面がこの作品の中には幾層にも折り重なっている。

付記　川端康成の文章の引用はすべて『川端康成全集』（新潮社、一九八〇年～一九八四年）に拠った。

＊25　前田愛「新しい視点をどう取りこむか」（『レポート・論文必携』学燈社、一九八三年一〇月）。ただ、この文章は文学研究がそうした想像力を鈍らせてしまってはいないかという問題提起の文脈で出てくる。文学作品を読めば自動的にこうした想像力が身につくわけではない。私たちがどのように作品と向き合うか、にかかっているのである。

column コラム　京都と映画文化

佐藤未央子

日本映画は京都から始まったと言っても過言ではない。明治三〇年（一八九七）、高瀬川沿いの京都電燈株式会社で、フランスのシネマトグラフが試写上映された。これを端緒に映画は商業化・芸術化の道を辿っていく。歴史的建築が多く残る京都は時代劇製作に格好の舞台だった。千本座の座主、牧野省三は映画監督に転身し、抜擢した尾上松之助は〈目玉の松ちゃん〉の愛称で親しまれた。明治四三年（一九一〇）には横田商会（後の日活）が二条城に撮影所を建設、法華堂への移転を経て大正七年（一九一八）に日活大将軍撮影所が開所。同一二年（一九二三）には震災のため松竹が下加茂撮影所に移った。映画の町太秦《うずまさ》は、もとは阪東妻三郎プロダクションが同一五年（一九二六）に切り拓いた地。昭和三年（一九二八）に移転した日活の撮影所は、新興キネマ、大都映画との戦時統合で昭和一七年（一九四二）に大映京都撮影所となり、戦後、数々の名画を送り出す。

かくして京都は映画産業の中心地となった。次々と映画館が開業した新京極通の壮観は、梶井基次郎『檸檬』（大正一四年）で「活動写真の看板画が奇体な趣きで街を彩つてゐる」と語られるとおりだ。早くから映画の将来性に注目していた谷崎潤一郎の映画小説『青塚氏の話』（大正一五年）に登場する映画監督も、新京極近辺で映画を鑑賞している。河原町にはスケート場併設のニュース映画館があり、昭和一二年（一九三七）頃、坂口安吾は避暑のために入り浸っていたという（『青春論』同一七年）。

映画に惹かれた作家は製作にも携わった。大正一四年（一九二五）、直木三十五は連合映画芸術家協会を立ち上げ、牧野を指揮役として『日輪』（監督＝衣笠貞之助、原作＝横光利一、大正一二年）を製作。衣笠と川端康成らが組んだ新感覚派映画連盟は、『狂つた一頁』（大正一五年）を松竹下加茂で撮影した。

昭和期には、大河内傳次郎や林長二郎（長谷川一夫）、田中絹代や山田五十鈴らがスターダムを形成していく。彼らの魅力を引き出した監督の活躍も著しい。時勢を読むセンスに優れた伊藤大輔は迫力ある時代劇で観客の心を掴んだ。『瀧の白糸』（昭和八年。原作＝泉鏡花『義血俠血』明治二七年）を双ヶ丘《ならびがおか》撮影所で撮った溝口健二は、苦境を生きる女性の機微を描いた。京都の映画文化を浴びて育った山中貞雄は『人情紙風船』（昭和一二年）などで若くして才能を発揮するも、中国の戦地で病死。戦争で日本映画界が負った痛手は大きかった。しかし戦後、芥川龍之介『羅生門』（大正四年）と『藪の中』（大正一一年）に材を得た黒澤明監督『羅生門』（昭和二五年）がヴェネチア国際映画祭でグランプリに輝く。日本映画は再出発し、市川崑監督『炎上』（昭和三三年。原作＝三島由紀夫『金閣寺』昭和三一年）や中村登監督『古都』（昭和三八年。原作＝川端康成、昭和三六年〜昭和三七年）など、京都を舞台とする小説の映画化も相次いだ。昭和二六年（一九五一）に開所した東映京都撮影所はスターが躍動する場になるとともに、テレビドラマの製作でも総力を発揮した。

京都の貴重な映画遺産は東映太秦映画村や京都文化博物館、おもちゃ映画ミュージアムにより保存・公開されている。また、京都市民映画祭と京都映画祭を前身にもつ京都国際映画祭（平成二六年〜）や、京都ヒストリカ国際映画祭（平成二一年〜）も古今東西の映画に親しむ場として盛況を呈する。映画を愛する人々に支えられた京都の映画文化一二〇年の歴史は、今後も多様に展開しながら受け継がれていくだろう。

森見登美彦『夜は短し歩けよ乙女』
――「路地」への期待と「偽京都」

熊谷昭宏

はじめに

『夜は短し歩けよ乙女』[*1]は森見登美彦の第四作目の小説である。

京都の大学に通う「私」が、密かに恋心を寄せるサークルの後輩、黒髪の「乙女」の後ろ姿を、約一年間にわたって追い続ける迂遠《うえん》な恋の物語が、「私」と「乙女」、視点の異なる二通りの一人称（どちらも「私」）によって語られている。

平成二九年（二〇一七）春には、主人公「私」（「先輩」。以下断りがない限り「私」）の声優に歌手で俳優の星野源を起用した劇場版アニメが公開され、話題となった。

なかなか距離の縮まらない「私」と「乙女」の関係と共に読者を惹きつけるの

注
＊1　角川書店、二〇〇六年。初出は『野性時代』（二〇〇五年九月～二〇〇六年一一月）。

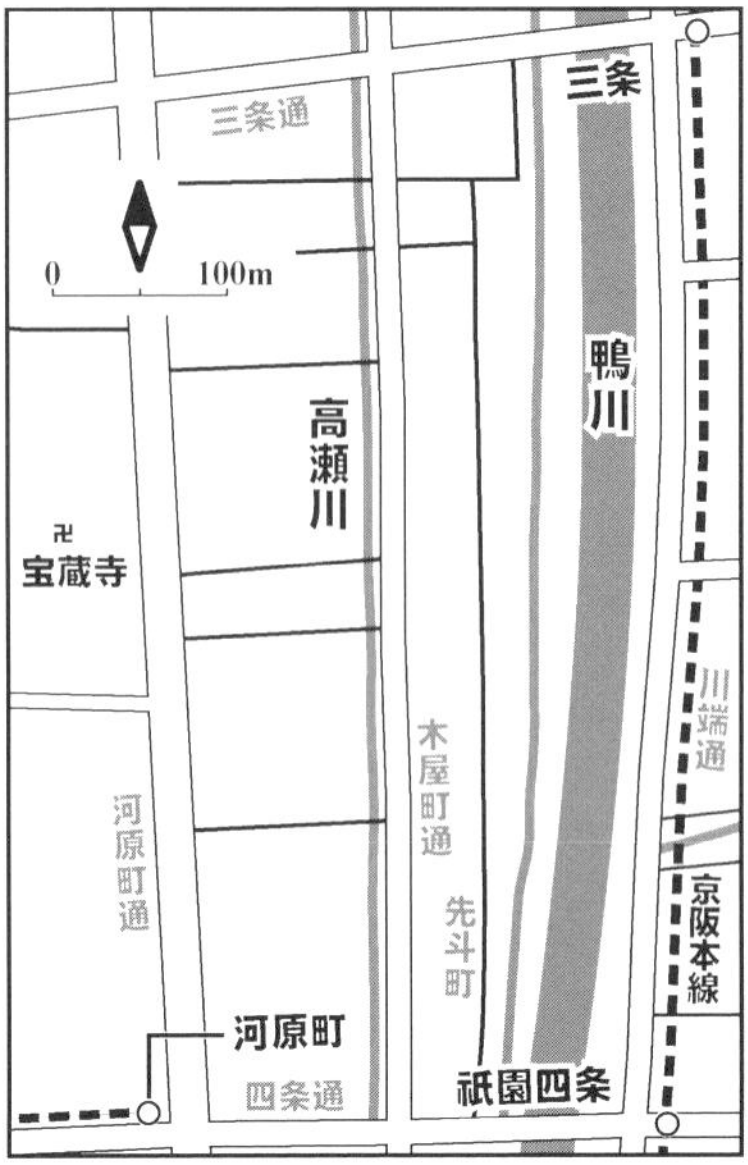

図１　木屋町・先斗町周辺地図

は、夜の木屋町《きやまち》・先斗町《ぽんとちょう》、夏の下鴨納涼古本まつり、秋の大学学園祭といった、京都の街の風物である。インターネット上では、読者が作品の舞台を訪問する、いわゆる「聖地巡礼」の記述も数多く目にすることができる。

本稿では、単行本の発行部数が累計で一三〇万部を超えた人気作『夜は短し歩けよ乙女』において、現代の京都の街がどのように描かれているか、またそれがどのように読者を魅了し、同時に惑わせたり裏切ったりしているかを、京都を代表する歓楽街、木屋町・先斗町（図1参照）での奇妙な一夜が語られる第一章を中心に考えてみたい。

「ファンタジーな街」の「路地」

森見は柴崎友香との対談の中で、デビュー作

『太陽の塔』[*2]に対する読者の反応について、次のように述べている。

森見　……最初の頃は、他の人がどれだけ京都という街を特別に見ているかが分からなかったんですよ。京都に対して他の人が持っている幻想とか期待を、あんまり知らなかった。でも、『太陽の塔』を出した時に、自分ではファンタジーのつもりで書いたものだったのに、「ファンタジーノベル大賞なのに、ぜんぜんファンタジーじゃない」と言われて……。

柴崎　私はファンタジーノベル大賞にぴったりだと思いましたよ。

森見　僕も、明らかにファンタジーやと思うんです。……でも、あれはファンタジーじゃないと言う人が、特に東京の方に多かった。これいったいどういうことなんやろうと考えていたら、舞台が京都やからなんかぁという結論に達しました。……

柴崎　確かに、京都は時空が歪んでる感じはしますけどね。……

森見　ファンタジーな街ですよね。[*3]

＊2　新潮社、二〇〇三年

＊3　森見登美彦・柴崎友香「祇園で語り合うイマドキ古都の楽しみ方　妄想の青春謳歌する京都マジック」（『小説現代』二〇〇七年九月）

森見は、『太陽の塔』で描かれた不思議な出来事を「ファンタジー」としては意味づけない一定数の読者の評価から、一般読者が、京都が舞台であれば、いわゆる「ファンタジー」小説ではなくても作品内の日常において不思議な何かが起こり得ると考え、また期待もしていることを察知したようである。そして次第にそのような読者の期待に応えるようになったということであるが、そもそも、作家自身が「ファンタジーな街」であるという京都のイメージを読者と共有していたことが興味深い。

それでは、『夜は短し歩けよ乙女』において、「私」と「乙女」はどのように「ファンタジー」の世界を生きるのであろうか。この問題を、夜の木屋町・先斗町を舞台とした第一章を例に確認していきたい。第一章では、深夜の木屋町・先斗町を様々な人々と出会いながら飲み歩く「乙女」のエピソードと、見失った彼女の姿を追い求める「私」のエピソードとが交互に語られる。先斗町（図2参照）に出現した謎の高利貸し李白《りはく》と「乙女」が「偽電気ブラン」の飲み比べをする現場に「私」がたどり着くも、結局彼女との親睦を深められずに、物語の舞台は夏の下鴨納涼古本まつりへと移行していく。

木屋町は高瀬川に沿った南北の通である木屋町通の一帯を指し、週末ともなると深夜まで若者たちが飲み歩く歓楽街である。先斗町は木屋町通の東、三条通と四条通に挟まれた、鴨川に隣接する花街《はなまち》として有名な幅の狭い通だが、近年は観光名所として少しずつ姿を変えつつある。木屋町方面へと延びた、まさに隠れ家のような飲食店が点在する「路地」（図3参照）の存在も、先斗町の特徴として忘れてはならない要素である。

新入生の「乙女」がサークルの先輩の結婚祝いから二次会へと流れる人の輪を離れ、単身で夜の街に繰り出

図２　今や観光名所となった先斗町。「私」と「乙女」はこの界隈をさまよい歩く。

図３　先斗町に点在する「路地」。足を踏み入れると、その奥には隠れ家的な飲食店が。

す場面は、彼女自身によって次のように語られる。

通りかかった四条木屋町の界隈は、夜遊びに耽《ふけ》る善男善女がひっきりなしに往来していました。その魅惑の大人ぶり！　この界隈にこそ「お酒」が、めくるめく大人世界との出会いが私を待ち受けているに違いないのです。そうなのです。私はわくわくして、喫茶「みゅーず」の前で二足歩行ロボットのステップを踏みました。

この光景は、後をつけていた「私」の視点からは、次のように語られることになる。

彼女は「みゅーず」の前で、こっそり所存のほぞを固めるように二足歩行ロボットめいた足踏みを見せてから、むんと胸をはって路地を折れた。

そこで私は彼女を見失う。

ここで「私」が言うところの「路地」は、先斗町に点在する極めて細い通路のことではない。しかし、「乙女」は木屋町通の本筋と比べれば相対的に細く暗い「路地」と言うべき道に入って行くことで、不思議な世界への扉を開くことになる。『夜は短し歩けよ乙女』等で描かれる木屋町・先斗町界隈の「路地」については、森見と対談した大森望が次のようにその魅力を語っている。

大森　でもあの辺は、ちょっと路地を入ると変な空間がありそうな雰囲気で。
森見　京都中どこでも、そういう感じです。[*4]

「路地」の向こうに不思議が存在するという、大森が語る木屋町・先斗町のイメージは、森見作品の読者が抱く、京都を舞台とした物語への期待と一致するだろう。

観光のまなざしと「路地」

このような、京都の街の路地の奥に不思議で「変な空間」が存在することを期待する森見作品の読者の期待は、実は、次に挙げるような、現実の京都を目指す

＊4　森見登美彦・大森望「空想でもいい、高らかに青春を謳え」（『本の旅人』二〇〇六年一二月）

観光客（または観光客のまなざしを先取りする観光案内書）の期待とも見事に重なっている。

酒井　われわれ外の者は貪欲なので、どんな細い路地でも入っていくし、京都人より京都のことに詳しい人はいっぱいいます。

井上　また路地がちょっとそそるでしょう。[*5]

京都は楽しさが詰まった魔法の玉手箱のような街です。四季折々に違う表情を浮かべる街並み。過去に通じるタイムトンネルの入り口が随所にあり、長い歴史が磨き上げた食や伝統文化がごく身近にあるのも魅力です。京都ファンにリピーターが多いのも訪れる度に宝物が見つかるからですが、手間をかけずとも玉手箱のふたを開ける方法はあります。[*6]

観光客のまなざしはしばしば京都の街の片隅に「タイムトンネルの入り口」が存在することを期待し、それを見いだそうとする。その行為は「玉手箱のふたを開ける」という比喩で表現されもするのだが、それらの比喩は、まさに先斗町の

＊5　井上章一・酒井順子「対談」（『別冊太陽　京都を知る100章』平凡社、二〇一六年）

＊6　日本経済新聞京都支社編『京都ここだけの話』「まえがき」（日本経済新聞出版社、二〇一二年）

暗く狭い「路地」に何かを期待して進んで行く、観光客の想像力のあり方を言い当てているだろう。

夜の京都の不思議な旅を始めた「乙女」もほどなく、謎のサークル「詭弁論《きべんろん》部」の宴会という、さらなる不思議に触れるのだが、それは街のさらなる深部へと向かう、次のような越境行為によって可能になる。

塀を乗り越えたところは、料亭の庭のような落ち着いた雰囲気で、こぢんまりとした燈籠《とうろう》が植え込みを照らしています。硬いコンクリートのビルで囲まれた界隈に、このようなひっそりとした場所があるのがたいへん可愛らしく思われました。

一方その頃、見失った「乙女」を追い求める「私」は、「路地」で謎の暴漢（李白）に襲われてズボンと下着を奪われるという不可思議極まりない事件の被害者となり、次のようなありさまであった。

彼女があの憎たらしい東堂との揉みつ揉まれつの災厄に見舞われた時、私は敢然と立ち上がって彼女を救うべきだったのは言うまでもない。けれども私はそれどころではなく、木屋町から先斗町へ通じる路地の暗がりで寒さと怒りに震えていた。なぜなら下半身が真っ裸であったからだ。

田中貴子は、本作を含めた複数の森見作品に、天狗の聖地である京都の民俗が織り込まれていることを指摘している。そのうえで、本作でしばしば「私」や「乙女」が遭遇する「異世界」は、彼らが迷い込む先斗町などに隠された「穴」や「路地」、天狗のような俯瞰《ふかん》を可能にする不自然な高所がその入り口となっているとしている。*7 田中の指摘する「異世界」への入り口は、森見の読者が「ファンタジー」との出会いを期待する場所であると同時に、観光客が京都の「魔法」との出会いを想像する地点でもあるのだ。

*7 田中貴子「小さな都市の民俗学」(『文芸』二〇一一年五月)

「なにかある」京都の固有名詞

『夜は短し歩けよ乙女』には、木屋町通や先斗町をはじめ、「乙女」の不思議な冒険のスタート地点となった喫茶店「みゅーず」(単行本初版が刊行された平成一八年（二〇〇六）に閉店）、京阪三条駅、東堂錦鯉センターの最寄り駅である京阪宇治線六地蔵駅など、実在する町名、駅名、店名等の固有名詞が散りばめられている。これらの固有名詞は、読者を「聖地巡礼」へと駆り立てる要因の一つになっているだろう。

しかし、『夜は短し歩けよ乙女』の「聖地巡礼」者は、地図上の固有名詞を目印として「聖地」に赴いた際、しばしばその場に建っているはずの建造物、あるはずの店、またはそれらのモデルが存在しないことに気づくだろう。作中の不思議な事件は、固有名詞という現実の断片を頼りに進められる「巡礼」を失敗に終わらせる、現実参照を拒む場で起こるのである。

森見は綾辻行人との対談の中で、自作における京都の地名について次のような持論を展開している。

森見　……僕の書く小説の京都は虚構の産物なんです。地名は確かに京都だし、実際の風景からイメージを膨らませることもありますが、「この辺り」ならそういうものがあってもいいだろう、という世界を頭の中で創りあげている。……

森見　……僕が小説で京都の具体的な地名を出すのは、京都の裏には＝《なに》かある、という前提で読んでもらえるからだと思います。[*8]

先に指摘したとおり、森見は、京都を舞台とした小説の読者が抱く、京都の日常の裏側には「なにかある」という期待に自覚的である。そうであるならば、「巡礼」者が拠り所としつつ同時に「巡礼」の核心部で大きくつまづくきっかけともなる具体的な地名は、その裏側に「なにかある」京都の表側、つまり日常・現実を担保しておくために仕組まれた断片であると言えよう。

森見は、先に紹介した柴崎友香との対談で、次のようにも述べている。

柴崎　みんな京都に対してすごく幻想があるじゃないですか。……

森見　僕なんて、京都マジック、使い倒してますよ。ほんとに不思議なんですけど、京都を舞台にしていると、何故かリアリティの要求がゆるゆるになる。

柴崎　「先斗町」と書くだけで、すごくいい所のようにみんな勝手に思ってくれる[*9]（笑）。

*8　綾辻行人・森見登美彦「京都に潜む「＝《なに》か」」（『幽』二〇〇七年一二月）

*9　前掲*3に同じ。

この対談から見えてくるのは、作品内の京都の具体的な地名により、読者が物語の「リアリティ」の基準を「ゆるゆるに」するという読みのあり方である。柴崎の言う「幻想」は、京都には「なにかある」ために他の都市とは異なる日常があるとする「幻想」であり、それは一種のエキゾチズムと言い換えてもよいだろう。先に、「なにかある」裏の京都を際立たせるために森見が現実の具体的な地名を用いていると指摘しておいた。しかし、「幻想」をもたらすきっかけが先斗町等の地名であるとすれば、より正しくは、京都らしいエキゾチックな地名そのものが既に、「なにかある」世界を想像させるものとして機能すると言うべきであろう。

ただ、森見作品に登場する地名は、先斗町など京都好きであれば多くが知っているようなものや、飲食店等の店舗ばかりではない。「私」が住む木造アパートは「北白川東小倉町《きたしらかわひがしおぐらちょう》」に建っている。また、自身を「天狗」と称する樋口さんが住む「下鴨幽水荘《しもがもゆうすいそう》」は「下鴨泉川町《しもがもいずみがわちょう》」にある。どちらも実際の京都市の町名であるが、明らかに知名度という点では先斗町等には劣るはずである。京都市外に住む読者で、これらの町名を事前に知っていた人はほとんどいないだろう。

京都市在住の読者でも、地図を参照しなければ、どの辺りかを想像することは難しいかもしれない。森見作品に登場するこのような町名は、京都市の中心地ではなく、かつての洛外（主に森見自身が学生時代に住んでいた左京区）に位置している、平凡な住宅地である場合も多い。このような実際の町名はデビュー作の『太陽の塔』、第二作目の『四畳半神話大系』[*10]から既に登場しており、森見作品の一つの特徴でもある。[*11]

地名に注目した場合、京都「通」を目指す人々が参照するのは、次のような説明だろう。

京都は碁盤の目のようにクロスしている東西南北の通りの名前で場所を確定する。だから、基本は通り名であって、町名ではないのである。そこが東京などと決定的に違うところだ。[*12]

『夜は短し歩けよ乙女』でも、夜の冒険に乗り出す直前の様子を「乙女」が語る際、「四条木屋町」という「東西南北の通りの名前」を用いている。東西南北の通りによって位置を表現する方法は、京都に関する知識（蘊蓄《うんちく》）の中でも初歩

＊10　太田出版、二〇〇五年。

＊11　森見は大森との対談（前掲＊4）の中で、学生時代にやっていたアルバイト（寿司の配達）がきっかけで住宅地図を見る習慣がつき、町名にこだわるようになったことを明かしている。

＊12　谷川彰英『京都　地名の由来を歩く』「はじめに」（KKベストセラーズ、二〇〇二年）

的な部類に入るだろう。ただ、それだけにかえって、「通」な読者にとっては、特に注目すべき地名、エキゾチックな地名としては認識しにくいものとなるだろう。むしろ「洛外」の知名度の低い、特に名所らしい名所のない平凡な住宅地の「町」名の方が、現実参照の欲望を刺激するはずである。また、「通」ではない読者にとっても、突如語られる京都の固有名詞らしき謎の地名は、特別な「なにかある」かもしれない場所として想像される（地図上にその地名を発見した場合はなおさら）だろう。

「偽京都」を迷宮化する「乙女」の目

森見は自身の作品と京都との関係を、自作の『聖なる怠け者の冒険』[*13]を引き合いに出しながら次のように述べている。

私はリアルな京都のことは知らず、ましてや「京都通」などにはほど遠い人種である。私は自分の妄想と言葉で作った京都に惚れているのであり、いわば狸の化けた偽京都こそが私の京都なのだ。[*14]

＊13　朝日新聞出版、二〇一三年。初出は『朝日新聞』（二〇〇九年六月九日〜二〇一〇年二月二〇日、夕刊）。

＊14　森見登美彦「森見登美彦が歩く〝聖なる怠け者〟の京都案内」（『週刊朝日』二〇一四年三月七日）

また、佐々木敦との対談の中で、『夜は短し歩けよ乙女』における京都と「妄想」との関係について、次のようにも語っている。

森見　……でもこれがやっぱり、妄想を裏返して京都という舞台を好き勝手に使うようになった最初の作品だと思います。それまでは、僕が街を歩いていて面白い建物や路地を見たときに妄想したことは、妄想としてでしか書いてはいけないと思っていたんです。だから書くにしろ、「これは妄想ですよ」って言いわけをした上で書いていたんですね。だから、妄想したことを小説の中では現実として書くという、ある意味、小説家として普通のことをようやくやり始めた。[*15]

森見は自作の舞台となる京都の街を謙遜と冗談交じりに「偽京都」と表現しており、『夜は短し歩けよ乙女』において、この「偽京都」の方法が確立したと考えているようである。これは、彼の作品で描かれる京都が京都「通」が知っている、「巡礼」によって直接触れることのできる現実の京都そのものではなく、あ

*15　森見登美彦・佐々木敦「森見登美彦の「それから」」(『文芸』二〇一一年五月)

くまで「妄想」の産物であることの宣言である。小説が言語によって組み立てられている以上、そこで語られるものが現実そのものではなくフィクションであるということは、当然と言えば当然である。そのような理屈はさておき、この「偽京都」の概念は、彼の作品における都市のあり方の本質を突いているだろう。

劇場版アニメの脚本を担当した上田誠は、こうした「偽京都」の影響力について、次のように述べている。

上田　違いますね。違うというか、森見さんの作品をあれこれ読んでいる間に「そうそう、京都ってこんなだよ！」みたいなことを錯覚させられるんですよ（笑）。おもしろい作家さんは思考の誘導を巧みにされるので、これは森見さんに植え付けられた偽の記憶みたいなものなんです（笑）。[*16]

京都府出身で同志社大学（京都府）に学んだ上田のこの発言は、もちろん京都をよく知る者のリップサービスという性質を多分に持つだろう。ただそれを差し引いても、フィクションの「偽京都」の方が読者にとっての現実や記憶に影響を与え、更新していく可能性を示唆している。田中貴子も、森見作品が京都イメー

＊16　上田誠「脚本家　上田誠の京都語り」（リワークス・鳴川和代・山下敬三編『夜は短し歩けよ乙女Walker』KADOKAWA、二〇一七年）

ジを利用しているだけでなく、逆に既存の京都イメージを更新していることを指摘している。*17

ところで、『夜は短し歩けよ乙女』では、これとは少し異なる形でも京都イメージの更新がなされている。例えば第一章では、飲食店を渡り歩く「乙女」の視点から、木屋町・先斗町の風景が次のように語られている。

小さな鉄扉をくぐってビルの裏手の非常階段へ出ると、見慣れない入り組んだ景色を見下ろすことができました。
背の低い雑居ビルが凸凹の影となって南北に長く連なる中に、ところどころネオンや街灯の明かりが見えます。焼き肉屋の大きな電飾がビルの屋上に瞬いています。電線がまるで網をかけたようにその家並を覆っています。歓楽街かと思いきや、離れ小島のような民家の物干し台などがぽつんと見え、それはまるで秘密基地のようでした。目と鼻の先が横長にぼんやりと明るいのは、南北に延びた先斗町でありましょう。眼下にある小さな町並みは、木屋町と先斗町の間に押し込められた迷宮のようにも思われました。

*17　前掲*7に同じ。

料亭から先斗町へ出た我々は、北へ向かって石畳を歩きました。

見上げると左右に迫った軒に切り取られた夜空は狭く、そこへ電線がたくさん走っていました。料亭の二階には簾《すだれ》が下げられて、その隙間から酒席の明かりが洩れています。

紅い提灯《ちょうちん》、電光看板、軒燈、自動販売機や飾り窓の明かりが、狭い街路の両側にまるで夜店の明かりのようにどこまでも連なります。その中を三々五々連れだった人々が楽しげに抜けてゆくのです。


普段はそこにどんな店が入っているか、入口がどうなっているか、ということが関心の的となる雑居ビル群だが、「乙女」の目は、それらが織りなす「凸凹」(図4参照)を捉え、通常であれば認識されることのほとんどない「電線」に注目し、その様子は家並を覆う「網」に見立てられている(図5参照)。また普段はまず経験されず、想像されることも少ないと思われる、俯瞰された木屋町・先斗町の姿を語っている。しかも「乙女」は「民家の物干し台」というこれまた意外なものに目を奪われ、それを「秘密基地」という比喩で表現する。そして、観光客が先斗町の風情の象徴として指摘しがちな「紅い提灯」などと共に、この花

図４　ビルの階段を上ると、木屋町と先斗町の間にあるビル群の「凸凹」が眺められる。

図５　先斗町では「左右に迫った軒に切り取られた夜空は狭く」「電線がまるで網をかけたよう」である。

街の風景を構成する要素として「自動販売機」が視野に入っていたことを忘れない。「乙女」によるこれらの夜の街の風景の回想は、一般的な京都本の類において京都の魅力を語る表現とはかけ離れている。[*18]
和田博文は、都市の姿が我々に認識され、言語によって表現される過程について、次のように述べている。

現実の都市は実在するが、現実の都市についての普遍的な認識が存在するわけではない。私たちは身体を移動させ、……都市イメージを組み換え続けているのだ。……何を前景化するのかによって、地図はまったく違ったものになってくる。中心と周縁が入れ替わり、見慣れた都市イメージの向こうに、見慣れない都市の姿が浮上する。[*19]

和田のこの論を参考にすれば、「乙女」の目は、「見慣れた」（よく知られた）京都の街の「見慣れない」姿を現出させる役割を果たしていると言える。彼女は第四章において、大学入学後の現在まで「男女の駆け引きにまつわる鍛錬を怠ってきた」自身を「お子様」であると評している。そんな「乙女」の「お子様」らし

＊18　例えば、先に引用した日本経済新聞京都支社編『京都ここだけの話』（前掲＊6）の「まえがき」など。

＊19　和田博文『テクストのモダン都市』Ｉ「テクストのモダン都市」（風媒社、一九九九年）より〈トポスで編む「私」という物語〉

い、大人とは異なる子供の視点こそが、違和感さえ覚える「見慣れない」京都を読者に想像させるのだ。その時「偽京都」の街は、「乙女」の言うように、まさに「なにかある」はずの「迷宮」と化すのである。

おわりに

『夜は短し歩けよ乙女』は、「なにかある」京都、特に「路地」への読者の期待に見事に応える作品となっている。さらに、知名度の低いものも含めた固有名詞が現実性と非現実性のギャップに拍車をかけることにより、現実の京都とは異なる「偽京都」が立ち現われる。さらにその「偽京都」は、「乙女」の子供らしい視点により、「迷宮」としての姿を見せることになる。

森見作品の読者は、観光案内書が決して教えることのない、「偽京都」旅行を楽しむことになるだろう。

付記　『夜は短し歩けよ乙女』の引用は全て、角川文庫版（角川書店、二〇〇八年）に拠った。また、引用部分における傍線は全て論者によるものである。

『けいおん!』『たまこまーけっと』
——アニメに描かれた京都

禧美智章

はじめに

　近年、アニメの舞台となった場所を巡る「アニメ聖地巡礼」(以下、「聖地巡礼」)がブームとなっている。もともと一部の熱心なアニメファンを中心に行われていた行為であったが、興行収入二五〇億円を超える大ヒットを記録し社会現象となったことが記憶に新しい『君の名は。』[*1]の公開をきっかけに、その年の流行語大賞の候補に選ばれるなど、一般層にも浸透している。例えば、『君の名は。』の舞台のモデルとなった岐阜県飛騨地方。映画が公開された平成二八年(二〇一六)には約一〇〇万六千人の観光客が飛騨市を訪れたが、そのうち約七五万人が『君の名は。』の「巡礼者」であったという。[*2]

　こうした状況を受けて、アニメツーリズム協会が「聖地巡礼」のための公式ガ

注

＊1　新海誠監督、コミックス・ウェーブ・フィルム、二〇一六年八月

＊2　高橋龍介「アニメ映画「君の名は。」岐阜県内の舞台に103万人　聖地巡礼、経済効果253億円　十六総研試算」(『毎日新聞』中部版、朝刊二〇一六年一一月一六日)

イドとして「二〇一八年版　日本のアニメ聖地八八」[*3]を選定・公開している。京都府からは、京都市の『有頂天家族2』[*4]を始め、八作品[*5]が選ばれている。これは最も聖地認定の多かった東京都に次ぐ数字となっている。また、京都市は、平成二四年（二〇一二）よりマンガ・アニメ関連の総合見本市である「京まふ」[*6]を主催し、「京都特別親善大使」[*7]に『有頂天家族』シリーズを任命するなど、「京都ブランドの向上及び観光振興」のために積極的にアニメを利用している。これまでの「日本の伝統文化を象徴する都市」としての「古都（＝京都）」イメージを消費する旅のあり方とは異なる形のツーリズムとして「聖地巡礼」はいま京都においても注目の的となっている。

　そして、アニメの舞台を巡る「聖地巡礼」を含め、「物語」が与えられた「場所」に訪問する旅の形は「コンテンツツーリズム」[*8]と呼ばれ、研究も盛んに行われている。しかし、その研究内容は、社会学や地理学、観光学の分野において、「コンテンツツーリズム」や「聖地巡礼」という新しい社会現象の実例の分析や、観光資源として、あるいは地域振興のためのケーススタディが中心となっており、作品そのものとの関連はあまり議論の俎上《そじょう》に載せられることはなかった。本稿では、京都アニメーション（以下、京アニ）制作のアニメ『けいおん!』[*9]および

＊3　二〇一六年七月から全世界の日本アニメファンを対象に行ったウェブ投票の結果をベースに、四国八十八ヶ所霊場巡りにならって「アニメ聖地」八八ヵ所が選定された。

＊4　吉原正行監督、P.A.WORKS、二〇一七年四月～六月

＊5　他に、舞鶴市から『艦隊これくしょん―艦これ―』（草川啓造監督、ディオメディア、二〇一五年一月～三月）、京都市から『少年陰陽師』（森邦宏監督、スタジオディーン、二〇〇六年一〇月～二〇〇七年三月）、『夜は短し恋せよ乙女』（湯浅政明監督、サイエンスSARU、二〇一七年四月）、PS Vita用ゲームソフト『薄桜鬼 真改』（アイディアファクトリー、二〇一五年九月）、京都国際マンガミュージアム、『いなり、こんこん、恋いろは。』（高橋亨

『たまこまーけっと』[10]シリーズを「京都文学」として「読む」ことによって、現実の京都という場が作品に与える影響について考えたい。

「聖地巡礼」とは

福嶋亮太[11]は「聖地巡礼」を、「アニメの舞台となったと類推される土地を「聖地」に見立ててそこに「巡礼」し、その体験を写真や文として記録するという行為」であると定義づける。

「聖地巡礼」を一躍有名にしたのが、TVアニメ『らき☆すた』[12]とその「聖地」、埼玉県北葛飾郡鷲宮町（現、久喜《くき》市鷲宮地区）、及びそこに鎮座する鷲宮《わしのみや》神社である。本作も京アニ制作の作品であるが、オープニングの「背景」に描かれている鷲宮神社（作中では柊姉妹が住む鷹宮神社）を、アニメと全く同じアングルになるように（しばしばコスプレをしてキャラクターと同じポーズで）撮影するファンの姿がニュースで取り上げられるなど話題となった。また、地元商工会が版権元の角川書店と交渉し、公式グッズを展開したり、イベントを開催するなど、その集客力も各種メディアで注目されることとなった。[13]

監督、プロダクションアイムズ、二〇一四年一月〜三月）、京田辺市の『一休さん』（矢吹公郎監督、東映動画、一九七五年一〇月〜一九八二年六月）が選定されている。

*6　京都国際マンガ・アニメフェア。

*7　京都市が「京都ブランドの向上及び観光振興」を目的に二〇一七年に新設したもので、『有頂天家族』が作品を通じて京都の魅力を世界に発信し、京都ブランドの向上および観光客の誘致に寄与していることを理由に、その第一号として任命された。

*8　国土交通省、経済産業省、文化庁による「映像等コンテンツの制作・活用による地域振興のあり方に関する調査」（二〇〇五年）では、「地域に関わるコンテンツ（映画、テレビドラマ、小説、まんが、

また、山村高淑[*14]はアニメコンテンツツーリズムに関する重要な出来事を年代順に整理し、「聖地巡礼」について、次のような発展段階を想定している。

0．黎明期（一九七〇年代）

一九七四年『アルプスの少女ハイジ』（アニメ制作における本格的ロケハン文化の成立）

1．ファン主導期（二〇〇六年以前）

一九九〇年『炎の蜃気楼《ほのおのみらーじゅ》』（女性ファン「ミラジェンヌ」による「ミラージュ・ツアー」）

二〇〇六年『涼宮ハルヒの憂鬱』×兵庫県西宮市（ファンによる聖地巡礼。聖地巡礼が広く注目されるきっかけになった作品）

2．タイアップ試行期（二〇〇七〜二〇〇九年）

二〇〇七年『らき☆すた』×埼玉県鷲宮町（当初ファン主導、後に地元商工会×製作者×ファンのコラボレーションモデルを確立）

二〇〇九年『けいおん！』×滋賀県豊郷町（製作者と地域とのタイアップは行われていない。一方で、作品をきっかけにファンと地域の交流が続いている）

ゲームなど）を活用して、観光と関連産業の振興を図ることを意図したツーリズム」として定義されている。

＊9　原作はかきふらいによる四コマ漫画。TVシリーズ第一期『けいおん！』（全一四話、二〇〇九年四月〜六月）、第二期『けいおん!!』（全二七話、二〇一〇年四月〜九月）放映後、『映画けいおん！』（二〇一一年一二月）が公開された。いずれも山田尚子監督で、制作は京都アニメーション。

＊10　京都アニメーション制作によるオリジナルシリーズ。TVシリーズ『たまこまーけっと』（全一二話、二〇一三年一月〜三月）放映後、続編の映画版『たまこラブストーリー』（二〇一四年四月）が公開された。監督は山田尚子。

3．タイアップ方式確立期（二〇〇九～二〇一一年）
二〇〇九年『サマーウォーズ』×長野県上田市（フィルムコミッション・市観光課×製作者による共同プロモーションの確立。ロケハンから上映後のイベント関連やグッズ展開まで、一連の協力関係を構築）
二〇一一年『あの日見た花の名前を僕達はまだ知らない。』×埼玉県秩父市（地域の一〇団体からなる「秩父アニメツーリズム実行委員会」が地域側の窓口に。製作者との広範なタイアップに成功）

4．地域重視・多角展開期（二〇一一年以降）
二〇一一年『花咲くいろは』×石川県金沢市（地域と製作者のタイアップにより、新たな地域行事「湯涌ぼんぼり祭り」が誕生）
二〇一二年『ガールズ&パンツァー』×茨城県大洗町（企画段階から被災地にアニメで何かできないかという制作側の意向あり）

当初、ファンによる「聖地」の「発見」という事後的な行為として始まった「聖地巡礼」は、次第に認知度を高め、地域とファンの協働による地域振興が行われ、次第に製作者の側も「聖地巡礼」を想定した作品作りを行うようになって

＊11　福嶋亮太「自然の利用」（『ユリイカ』二〇〇九年三月）
＊12　山本寛・武本康弘監督、京都アニメーション、二〇〇七年四月～九月
＊13　アニメの放映終了後も定期的にイベントが開催されており、鷲宮神社の初詣の参拝客数もアニメ放送前の二〇〇七年には一三万人だったものが、二〇一一年に四七万人を記録して以降、放映から一〇年経った現在もその数を維持しており、町おこしとしての「聖地巡礼」の代表例となっている。
＊14　山村高淑「アニメと地域がタイアップする意義と可能性～系譜からその〝本質〟を探る～」（『CharaBiz DATA 2014』キャラクター・データバンク、二〇一四年）

いく。つまり、「聖地」はファンによって発見されるものから、地域×製作者×ファンの協働によって創り出されるものへと変化してきたのである。

アニメにおける「背景」

「聖地巡礼」の鍵となるのは、「背景（画）」である。アニメでありながら、写実性のあるリアルな筆致で、現実の（あるいは類推される）風景が描き込まれることによって、「聖地」は「発見」され「巡礼」されることが可能となる。よって、「聖地巡礼」が盛んに行われる作品は、例外なく「背景」がリアルであるという特徴を持つ。

中でも、京アニの作品は多くの「巡礼者」を生み出してきたことで有名だが、その作風として、実在の土地を取材し、その風景を極めて正確にトレースすることで知られている。その名の通り、京アニは京都にスタジオを持つアニメ制作会社で、現代の京都を舞台とした作品をいくつも発表してきた。

一般に、実在のロケ地が存在する実写映画と比べて、「絵」であるアニメの舞台は「架空の世界」であるという意識が強いように思われる。こうした意識は制作者の側にもあった。例えば、アニメツーリズム協会の会長も務めるアニメ監督の富野由悠季は、[*15]「アニメの持っているもともとの性能というのが、フィクションであり、ファンタジーであり、ありもしないウソを素材にしてるものだ」と指摘した上で、『サザエさん』[*16]等の「日常を描いている作品のカウンター」として、自身は『機動戦士ガンダム』[*17]等のSF作品を制作してきたのだと語っている。

かつて、アニメというメディアの特徴は、非現実性にこそあると考えられており、アニメの背景には写実性は求められていなかった。むしろ、「実在の風景を撮影した写真が宿す現実世界の面影と、アニメ絵のキャラクターが存在する虚構世界が引き起こす齟齬」[*18]のため、「写真なんか見て描いたら、絵が死ぬ」といった声さえあった。作品にとっていかに効果的な平面構成、空間構成になっているのかが重要であり、アニメ絵のキャラクターに相応しい世界、虚構世界としての完成度が求められていたのである。

しかし、そうした傾向も現在では変化してきている。一九九〇年代に入ると、特に予算・制作期間ともにTVアニメよりも潤沢な映画作品で、緻密な現代都市を描いた作品が次々と登場する。例えば、押井守監督の劇場版アニメ『機動警察パトレイバー2 the movie』[*19]である。近未来の「東京」を舞台とする本作では、

＊15 富野由悠季インタビュー「富野由悠季、アニメツーリズムを語る」（『アニメツーリズム協会公式 アニメ聖地88Walker ウォーカームック』角川書店、二〇一八年）

＊16 山岸博・森田浩光監督、エイケン、一九六九年より続くTVアニメ。

＊17 富野喜幸監督、サンライズ、一九七九年四月〜一九八〇年一月

＊18 黒瀬陽平「新しい「風景」の誕生―セカイ系物語と情念定形―」（『思想地図 Vol.4』日本放送出版協会、二〇〇九年）

＊19 押井守監督、I.G タツノコ、一九九三年八月

レンズを意識した正確なパースの作画、キャラクターと整合性のとれた写真レイアウトが採用され、現実の世界と地続きの世界が表現されている。それは、ポリティカルフィクションとして「東京」という都市を描くための要請でもあった。このようなアニメにおけるパース、レンズ、デッサンの整合化と精緻化はTVアニメにおいても進行してきている。視聴者層の拡大やHD化といった制作環境・視聴環境の変化等の要因もあって、アニメに求められるクオリティは年々高まっており、キャラクターはもちろん、「背景美術」にも高いクオリティが求められるようになっているのだ。

こうした状況にあって、急速に普及したのが風景写真のトレースである。デジタルカメラで撮影した写真をPCに取り込み、専用のソフトで「アニメ絵風」に加工する。「背景」を「ゼロ」から想像して作る場合とは異なり、実在の町やその写真をモデルにして制作すれば手間暇をかけず、コストも抑えつつリアルでハイクオリティな「背景」を作ることができる。その分の労力をキャラクターの作画に回すこともでき、キャラクターと「背景」の間にある多少の「齟齬」のことを考えても、総体的な作品のクオリティアップにつながるのである。

『けいおん!』の場合

以上のような製作方針や制作方法の変化によって、「作品」そのもの、「物語」にはどのような影響があったのだろうか。前置きが長くなってしまったが、具体的な作品分析を通して考えて行きたい。

まずは、『けいおん!』である。女子高生たち(平沢唯・秋山澪・田井中律・琴吹紬・中野梓)が軽音部で活動する様子を描いた学園物語だが、バンド活動をする場面よりも部室でお茶を飲みながらおしゃべりするといった場面が多く、彼女たちの「ゆるゆるとした日常」を描くことに力を入れた作品となっている。本作は、深夜アニメでありながら社会現象となるほどのヒット作となり、彼女たちの通う高校のモデルとなった「聖地」、旧豊郷小学校(滋賀県犬上郡豊郷町)にはファンが殺到した。

といっても、第一期が放映された平成二一年(二〇〇九)四月という時期は、ちょうど山村の分類ではタイアップ試行期にあたり、地域とのタイアップは行われていない。公式からも作中の舞台や、モデルとなった場所を含めて一切明らかにされていない。では、『けいおん！』の「聖地」はいかにして「発見」され、巡礼の対象となったのだろうか。当時の視聴者の視聴行動を、インターネット掲示板「2ちゃんねる」（現「5ちゃんねる」）の書き込みから確認したい。[*20]

『けいおん！』のTVアニメ化が発表されると、「けいおん！アニメ化」[*21]というスレッドが立てられ、制作会社はどこか、使っている楽器は何かといった話題に花が咲いた。PVが公開されてからは、さらに「オタク談義」が盛り上がった。「聖地」の推測も放送前からなされ、「PVに出てくる音楽室が母校だ。」「ヴォーリズの設計が思いつく。」といった書き込みが見られる。「豊郷小学校」という固有名こそ出てこないが、旧豊郷小学校校舎は米国出身の建築家W．M．ヴォーリズの設計によるもので、投稿者の書き込みは旧豊郷小学校のことを指していると考えられる。そして、初回放送後の書き込みには早速、「校舎のモデルは豊郷小学校だな」[*22]と「聖地」を特定する書き込みが見られる。

また、旧豊郷小学校は滋賀県の学校だが、オープニングには京都造形芸術大学（京都市左京区）や叡山電鉄の修学院駅や出町柳駅周辺が「背景」として登場するなど、唯たちの日常生活の場面では京都市の風景が「背景」の素材として使用されている。掲示板でも京都在住と思われる投稿者から、「今見たが電車は叡山電

＊20　当時の熱心なアニメファンの視聴方法の特徴は、テレビの前にパソコンを置き「2ちゃんねる」の実況スレッドを開き、視聴しながら掲示板への書き込みも同時に行い、放映終了後は各作品専門のスレッドへ移動し、深く語り合うというものだった。

＊21　「けいおん！アニメ化」（https://changi.5ch.net/test/read.cgi/anime3/1228903076/〔二〇一九年七月三〇日閲覧〕）

＊22　「けいおん！　紅茶10杯目」（http://hideyoshi.5ch.net/test/read.cgi/anime/1238694089/〔二〇一九年七月三〇日閲覧〕）

車？で高校は豊郷小学校か？何か今回は京都滋賀で取材したのかね」「京都に住んでるけどＯＰで確認出来たのは造形大学の階段と白川通り、鴨川と出町柳駅ぐらいかな／じっくり見ていけばもっと色々見つけられそう」[*23]と次々と「聖地発見」の報告がなされている。

佐藤善信[*24]らはエベリット・ロジャースの「革新の普及プロセス」モデル[*25]を参考に、アニメファンを次の五種類に分類している。

①聖地の特定を自らの使命とする「舞台特定オタク」
②最初の「聖地巡礼者」となることに命を懸ける「聖地探検オタク」
③現地の人々と聖地化のための活動をする「聖地巡礼オタク」
④「聖地」の真偽性を審査する「聖地検分オタク」
⑤「聖地」化した後に「巡礼」する「流行追随型オタク」

『けいおん！』の事例で特徴的なのが、①の「舞台特定オタク」である。『けいおん！』には、通称「けいおん特定班」と呼ばれる、画面に登場する〝モノ〟を特定することに情熱を注ぐファンが存在する。唯たちが使用する楽器をはじめ、

＊23　前掲＊22に同じ。
＊24　湯川寛学・佐藤善信「アニメオタクの特徴と（消費）行動の分析──「けいおん！」の聖地巡礼行動を中心に──」（『ビジネス&アカウンティングレビュー』一九、二〇一七年六月）
＊25　E. M. Rogers著、青池愼一・宇野善康監訳『イノベーション普及学』（産能大学出版部、一九九〇年）

茶器や文房具、部屋に置かれた家具から、キャラクターのポーズの元ネタまで、あらゆる要素が彼らの調査対象となった。特定班によるリサーチ合戦は回を追うごとにヒートアップし、「背景」に描かれた雲のトレース元となったフリー素材の写真まで特定されることとなった。

「聖地」の特定も同様である。先に挙げた大学や駅、商業施設などの施設はもちろん、何気ない住宅街の路地裏や電柱までもが「聖地」として「発見」されている。一方、制作者の側に立ってみると、ここまで「背景」のモデルが特定されることを前提とした作品作りは行われていなかったのではないかと推測される。特徴的な外観を持つ旧豊郷小学校が「桜が丘女子高等学校」のモデルとして「発見」されることはあっても、まさか、京都の路地裏の風景、電柱の一本までもが「聖地」として「発見」されることまでは想定されていなかったのではないかということである。それは、京都の風景が「背景」の素材として数多く使用されていながらも、有名な寺院や神社、名所や観光地がほとんど描かれていないことからも明らかであろう。このことが決定的となるエピソードが、『けいおん！』の「聖地」としての京都がファンの間に定着した後に放映された、第二期第四話「修学旅行！」である。三年生となった唯たちが修学旅行に行くというエピソードであるが、なんとその行き先が京都だったのである。京都タワーや金閣寺を見てはしゃぐ唯たち。次々と登場するそれまで描かれてこなかった京都のランドマークや観光地に、「京アニ制作で京都ロケなのに京都住みじゃないの？」と、「聖地」が京都だから作品の舞台も京都だろうと信じて疑わなかったファンたちが混乱するという事態となった。

『けいおん！』に関して言うならば、現実の京都の風景のトレースは、あくまで彼女たちの虚構の箱庭世界のクオリティを上げるための演出であったということになるだろう。[*26] たまたま、スタジオの所在に近く、ロケも容易だった京都が本作のロケ地として選ばれただけで、「物語」のレベルでいうならば、舞台が「京都」であることに必然性はなかったのだ。

『たまこまーけっと』の場合

では、『たまこまーけっと』の場合はどうだろうか。メインスタッフは、監督・山田尚子、キャラクターデザイン・堀口悠紀子、脚本・吉田玲子と、『けいおん！』を手掛けたスタッフたちが再び集結した。『けいおん！』同様、京都ロ

＊26　唯たちがロンドンを訪れる『映画けいおん！』では、ロンドンロケが行われ、リアルなロンドンの街並みが再現されているが、有名なアビーロードも唯たちは気づかずに通り過ぎるだけで、単なるリアルなひとつの「背景」として描かれている。

ケによって制作されているが、異なる点もある。それは、作品の舞台が「京都」であることが劇中で明示され、「うさぎ山商店街」のモデルとなった出町桝形《でまちますがた》商店街（京都市上京区、図1参照）や主人公北白川たまこの実家のもち屋「たまや」のモデルとなった和菓子の老舗出町ふたば（京都市上京区、図2参照）等が取材協力としてクレジットされている点である。出町桝形商店街では、コラボTシャツの販売や、ファンの有志と商店街の協力による交流ノートの設置等、他作品の「聖地」同様の動きが見られる。一方で、商店街から一本外れたなんでもない路地等の京アニお得意の微細な描写も健在である（図3・4参照）。

主人公たまこは商店街にあるもち屋の娘である。幼い頃に母親を亡くしているが、商店街の人々に愛され、幸せな日々を過ごしている。そんなたまこのもとに、ある日人間の言葉を話す不思議な鳥、デラ・モチマッヅィが南の国からやってくる。狂言回しの役割が与えられてたデラの闖入《ちんにゅう》によって物語はどんどん動き出す。第一〇話では、デラが探し求めていた南の国の

図１　出町桝形商店街（京都市上京区）。商店街の西側から撮影。オープニングで同様のカットが登場。

王子のお妃候補が、実はたまこであったことが明らかとなり、遠い南の国へお嫁に行ってしまうのか、商店街は大騒動となる。

史織　「なんか怖いよね／何かが急に変わっていくって」

かんな「みどちゃん」

……

みどり「あッ」

「私も　宇宙の入り口に立ったみたいな気分なんですよ　動揺してる」

みどり「うん」

史織　「きっと　たまこが一番怖いね」

たまこのことが大好きな友人たちは動揺を隠せない。商店街の大人達は「たまちゃんをずっとここに／縛り付けとくわけにはいかないだろ」「たまちゃんが幸せになるんだったら――」とたまこを送り出す覚悟を決める。たまこに恋する幼馴染みの

図２　出町ふたば（京都市上京区）。名物の「名代豆餅」は、毎朝、たまこがお手伝いで丸める「たまや」の看板商品「豆大福」のモデルとなっている。

もち蔵も、本当の気持ちを伝えることができず、

もち蔵「たまこ　俺さ――／たまこがどこにいても誰といても　たまこが幸せだったらいいや／俺だけじゃなくて　商店街のみんながそう思ってるよ」

と思わず心にもないことを口にしてしまう。たまこに決断のときが迫る。

たまこ「私　生まれた時からずっとここにいて／うちは　おもち屋さんで　朝起きると　いつもあんこを炊く甘い匂いがしてて　お盆休みとお正月以外は　おじいちゃんとお父さんがいつも　おもちを作ってた……朝は　みんなが「おはよう」って言ってくれて　帰ってくると「おかえ

図３　堀田橋（京都市伏見区）。たまこ達の通学路のモデル。印象的な第１話アバンのファーストカット等に登場。

り」って」

……

「私　生まれも育ちも　このうさぎ山で　外のことはよく知らないけど／なんていうか――その――／お断りします！」

『たまこまーけっと』は、外部の存在であるデラとの出会いによって、たまこが、ずっとみんなのいる商店街の「中」にいたのだということに気づき、そして、自分の意思でみんなの商店街に留まるということを決める物語でもある。

『けいおん！』が、軽音部という「箱庭」の中での「私たち（唯たち軽音部のメンバー）」だけの物語であったとするならば、『たまこまーけっと』は商店街の「みんな」の物語である。そして、『けいおん！』は唯たちの「今」が描かれていたのに対し、『たまこまーけっと』にはたまこの「今」だけでなく、商店街のみんなの「過去」と「未来」が描かれて

図４　出町桝形商店街付近の電柱（京都市上京区）。第２話で、みどりが「うさぎ山商店街」付近の路地を駆けるシーンにおいて、カメラがティルトアップする際に同様の構図が確認できる。

いる。例えば、たまこが無意識のうちに覚えていつも口ずさんでいた謎の歌が、実は父豆大が若かりし頃に、母ひなこに贈ったラブソング「恋の歌」だったことが分かるエピソードがある。おそらく母ひなこが口ずさんでいた歌を、幼い頃のたまこがいつのまにか覚えていたのだろう。たまこが生まれる前の「過去」が物語の中に織り込まれているのである。創業明治三二年（一八九九）の出町ふたばがモデルで、たまこの祖父の祖父の代から続くという「たまや」の二階にあるたまこの部屋には、ひなこが使用していた（あるいはもっと古い？）と思われる古い鏡台やミシンが置かれており、北白川家の歴史を感じさせる小道具となっている。

また、『けいおん！』は唯たちの卒業で最終回を迎えたが、三年生組は四人揃って同じ短大に進学することが決まっており、おそらく「今」と変わらない日々が今後も続いていくだろうことが示唆されている。一方、『たまこまーけっと』ではたまこを取り巻く「世界」の変化が描かれている。デラがきっかけで友達となった史織のように商店街にやってくる者もいれば、「うさ湯」の一人娘さゆりのように結婚のため商店街を去る者もいる。常に変化し歴史を刻んできた／刻んでいく商店街、そのモデルとして大正一三年（一九二四）頃の開場という東北市場にルーツをもつ出町桝形商店街という場が選ばれたのはある種の必然であったといえよう。

物語のレベルでも「京都」という舞台が機能しているのが続編の劇場版『たまこラブストーリー』である。季節は進み、たまこたちは進級して高校三年生となった。お妃騒動の際には、一旦は「うさぎ山商店街」に残るという選択をしたたまこにも進路という問題が発生する。進路調査票に実家の「たまや」と書いたように、漠然と「たまや」でおもちを作って、商店街の中でこれまでと同じような日々を送っていくのだろうと考えていたたまこだが、みどりとかんなが進学、史織が海外留学を決めるなど、みんながそれぞれの進路を決めていく中で、「今」と全く同じ生活は続いていかないということに気づいてしまう。そして、小さなときからずっと一緒だったもち蔵も進路を決める。東京の大学への進学、つまり、たまこのいる商店街を出ることを決意したもち蔵は、たまこへの想いを告白する。突然のもち蔵からの告白を受け止めきれずにたまこは逃げ出してしまう。

告白のこと、進路のこと、生まれたときからどんなときも一緒で「大人になっても　変わらない」と思っていた二人の関係が変わろうとしている。たまこは、少し歩みを進めたもち蔵をどこか「遠い人」のように感じてしまう。ところが、

「過去」と向き合い、ひなこが亡くなったときに自分を励ましてくれたのが父親ではなくもち蔵だったことを思い出したたまこは自分の気持ちに気づく。そして、たまこはいつも聴いていたカセットテープのB面に録音されたひなこの歌の存在を知る。それは、豆大からの「愛の歌」を受け取ったひなこが、音痴ながらも、自分の気持ちを伝えようと一生懸命歌ったものだった。記憶の中の大好きなお母さん、憧れのお母さんも自分と同じように戸惑いながらも変わろうとする「一人の女の子」だったことを知ったたまこは、逃げてしまったもち蔵の告白への返事を決意する。

舞台は京都駅の新幹線乗り場（図5参照）。もち蔵が学校を辞めて、東京へと行ってしまうと勘違いしたたまこは学校を駆け出す。新幹線へと乗り込もうとするもち蔵。たまこは東京方面行きの「一一番のりば」への階段を駆け上る。

たまこ　「待ってよ」

「何で？／何で…何で　東京行っちゃうの？／遠いよ？　東京遠いよ？」

図5　京都駅11・12番のりば（京都市下京区）。反対側の13・14番のりばから撮影。

「ずっと近くにいたのに　何で離れちゃうの」

間一髪間に合ったたまこは、初めて糸電話のキャッチを成功させ、「もち蔵大好き！　どうぞ」と想いを伝えることに成功する。

二人を画面におさめるショットは、反対の新大阪・博多方面の「一二・一四番のりば」から望遠レンズで撮影した画角・レイアウトとなっている。また、もち蔵が糸電話の紙コップを投げる場面では、紙コップは投げるアクションをとるもち蔵の手から放たれ、緩く回転しながら放物線を描いて飛んでいく。加えて、新幹線乗り場の階下にある近鉄電車の音がさりげなく聞こえ、画面外の空間を感じさせる演出となっている。『たまこラブストーリー』は、実写のカメラを意識した画面作りが行われ、正確な物理法則が働く現実の「世界」として描かれているのである。

京都から見た東京は、京都に住む高校生である二人にとって、距離的にも、時間的にも、金額的にも遠い街である。だからこそ、「うさぎ山商店街」を出て、東京の大学へ行くということはもち蔵にとって一大決心であったし、もち蔵が転校のために東京へ向かったという嘘を聞いたたまこはもち蔵を追いかけて必死に走ったのである。ＴＶ版から続く、「京都」を舞台としたこの物語は、すべてこのクライマックスの「場」につながっているといえる。唯たちが「今」いる「ここ」のディテールのみが重要だった『けいおん!』では、京都をモデルとする架空の街から、新幹線に乗って向かった先が京都でも問題はなかったが、もち蔵は「京都」から「東京」へと向かわなければならなかったのだ。

結び

文学テクストを構成している言語記号は、数学の記号のように、純粋な意味と読者とを媒介するものではない。それがあらわしているのは、読者と非現実の世界との界面である。界面としての言語記号が消失し、表象としての空間をつつみこむかたちで現出する非現実の世界のひろがりこそ、読書行為によって現働化されたテクスト空間のひろがりそのものなのである。[*27]

従来の「コンテンツツーリズム」研究では、観光や町おこしとしての「聖地巡礼」の成功例として、「一五〇億円市場」[*28]となった『けいおん!』における旧豊郷小学校の「聖地」化の過程が議論の俎上に載せられることはあっても、地域重

*27 前田愛『都市空間のなかの文学』(ちくま学芸文庫、筑摩書房、一九九二年)

*28 「オタクも女子高生も熱狂、150億円市場生んだ「けいおん!」人気の理由」(『日経エンタテインメント!』二〇一二年一月)

視・多角展開期にあって他より突出した「聖地」や経済効果の創出が叶わなかった『たまこまーけっと』が分析されることはほとんどなかった。しかしながら、本稿では『けいおん！』と『たまこまーけっと』を文学作品として捉え、「背景」と「物語」の関係性を読み解くという方針のもと、両作品を読み解いてきた。その結果、リアリティのある日常生活を丁寧に描くために、キャラクターのちょっとした挙動や仕草の丁寧な作画と共に、表象としての京都を精緻に再現する「背景美術」を採用した『けいおん！』に対して、『たまこまーけっと』では「物語」の審級での要請から実在の風景に近接する「京都」の風景を描いていたことが明らかとなった。『たまこまーけっと』はより京都という場を活かした作品だったのだ。また、それは『けいおん！』と『たまこまーけっと』を「京都を描いた文学作品」として「読む」という戦略の妥当性の証左でもあるといえるだろう。

前田愛は『都市空間のなかの文学』のなかで、「作品のなかに呼びあつめられた地名は、現実の都市空間と虚の言語空間とが相互に浸透しあう界面」であるとし、物語内容を内と外を組み合わせた多元空間として捉えるべきだと主張している。現実世界と虚構世界の双方に隣接する風景を巡る「聖地巡礼」が隆盛する昨今、アニメが現実の場に与えた影響の分析はもちろん、現実の場が作品に与える影響の分析もその射程に収めなければならないのではないだろうか。アニメは「ものがたり」として読まれなければならないのである。

付記　『けいおん！』『たまこまーけっと』シリーズ共に、ポニーキャニオン発売のBlu-ray版を使用し、台詞は字幕から引用した。

二〇一九年七月一八日、京都アニメーション第一スタジオが放火され、多くの方々が亡くなられ負傷されるという痛ましい事件が起こりました。京アニ作品を研究してきた者として、またファンの一人として、被害に遭われ亡くなられた方々に謹んで哀悼の意を表します。被害に遭われた方、ご家族・関係者の皆様に心からお見舞い申しあげるとともに、負傷された方々の一日も早いご快復を心からお祈り申しあげます。

本論文では、『けいおん！』や『たまこまーけっと』を、「京都文学」の最先端として位置づけ紹介して参りました。願わくば拙論が京アニ作品の新たな魅力やすばらしさ、京アニ作品の持つ力を知っていただく一助となりましたら幸いです。

このような事件が二度と起こらないことを願いますとともに、京都アニメーションの一日も早いご復興を衷心より祈念いたします。

読書案内

◇本書でとりあげたものを含め、京都とかかわりをもつ文学は多い。
◇ここでは、より多くの文学にふれるきっかけとするため、その一部を紹介する。
◇なお、必ずしも、文学史上、重要なものに限定せず、幅広く取り扱うことに努めた。

『風土記《ふどき》』（七一三年〜）

『続日本紀《しょくにほんぎ》』和銅六年（七一三）五月に、各国の地名・特産物・伝説などをまとめ、政府に提出せよという元明《げんめい》天皇の勅命が見える。全国で編纂されたはずだが、現存するのは出雲国（島根県）・常陸国（茨城県）など五ヶ国分のみ（五風土記）。ただし、五風土記以外もほかの作品に引用される形で断片的に伝わっている（逸文《いつぶん》）。山背と丹後の逸文も残り、賀茂社の由来など、京都の貴重な伝承を記す。中村啓信《ひろとし》監修・訳注『風土記　現代語訳付き（上・下）』（角川ソフィア文庫、角川学芸出版、二〇一五年）などに収録。〔池原陽斉〕

『萬葉集』（七五九年〜）
→本書参照。

『日本霊異記《にほんりょういき》』（〜八二三年）

正式な書名は『日本国現報善悪霊異記《にほんこくげんほうぜんあくりょういき》』。作者は薬師寺の僧・景戒《きょうかい》で、現存最古の説話集として知られる。上中下三巻に一一六の説話を収める。因果応報譚など仏教色の強い説話が多い。東は陸奥《みちのく》（東北一帯）、西は肥後（熊本県）と説話の舞台は広汎にわたるが、うち一三話に山背と丹後が登場しており、作品における京都の存在感は小さくない。新編日本古典文学全集10『日本霊異記』（小学館、一九九五年）など、多くの古典叢書で読むことができる。〔池原陽斉〕

『古今和歌集』（九〇五年）

↓本書参照。

『枕草子』（一〇〇一年頃）

中宮定子《ていし》に仕えた清少納言によって著された随筆。その内容は、大きく、(a)類聚《るいじゅう》的章段、(b)日記的章段、(c)随想的章段の三種類にわけることができる。定子を中心とする宮廷生活が記録された(b)日記的章段や、清少納言の豊かな感性とともに日常の風景が書きとどめられた(c)随想的章段を読むと、知的で華やかな京都の風景が浮かび上がってくる。新編日本古典文学全集18『枕草子』（小学館、一九九七年）などに収録。

〔須藤圭〕

『和泉式部日記』（一〇〇七年〜）

平安時代中期の歌人で三十六歌仙の一人でもある和泉式部の日記。一巻。長保四年（一〇〇二）に薨《こう》じた為尊《ためたか》親王（冷泉天皇第三親王）との恋によって父に勘当され、夫・橘道貞《たちばなのみちさだ》との仲も冷えていたところに、為尊親王の弟である帥宮敦道《そちのみやあつみち》親王からの手紙が届くところから始まり、恋愛関係になり、帥宮邸に迎えられるという、長保五年四月から寛弘元年（一〇〇四）一月までの出来事が記される。新編日本古典文学全集26『和泉式部日記　紫式部日記　更級日記　讃岐典侍日記』（小学館、一九九四年）などに収録。

〔恵阪友紀子〕

『源氏物語』（一〇〇八年頃）

→本書参照。

『和漢朗詠集』（一〇一八年頃）

平安時代中期、寛仁二年（一〇一八）頃に藤原公任《ふじわらのきんとう》が編纂《へんさん》した詩歌集。朗詠（詩歌に節を付けて歌うこと）にふさわしい八〇〇首ほどの詩歌を集め、四季・雑の部立の下に「早春」「梅」など一〇〇余の項目を立てて分類配列する。朗詠のテキスト、書の手本、作詩作歌の手引きとして広く親しまれ、後世の作品に多大な影響を与えた。三木雅博訳注『和漢朗詠集』（角川ソフィア文庫、角川学芸出版、二〇一三年）の注が詳細で、読みやすい。〔恵阪友紀子〕

『狭衣物語《さごろもものがたり》』（一〇七四年〜一〇七七年頃）

歌人でもあった六条斎院宣旨《ろくじょうさいいんのせんじ》によって著されたとされる長編物語。主人公・狭衣が複数の女君と恋を重ねていく物語で、古くから、『源氏物語』に次ぐ高い評価が与えられ、愛読されてきた。王朝文化が華やぐ都の風景とともに、貧しい人々が大路を歩く様子もいきいきと描きとられ、奥行きのある平安時代の京都の姿が描き出されている。新編日本古典文学全集（29・30）『狭衣物語（①・②）』（小学館、一九九九年〜二〇〇一年）に、原文、注釈、現代語訳が収められている。〔須藤圭〕

『百人一首』（一二〇〇年代前半）

平安時代末から鎌倉時代初期に活躍した藤原定家の秀歌撰。定家の日記『明月記』に、宇都宮蓮生《うつのみやれんじょう》（頼綱《よりつな》）から「嵯峨中院」（小倉山荘）の「障子」を飾る色紙形の製作を依頼され、天智天皇以後の歌人の歌を一首ずつ集めたとあるのが原型とされる。室町時代後期の連歌師・宗祇《そうぎ》が著した『百人一首抄』によって広く知られるようになり、江戸時代に絵入版本が出版されたことで庶民にまで広がった。また、ポルトガルの船乗りが持ち込んだカルタと結びつき、百人一首カルタとして親しまれるようになった。島津忠夫訳注

『百人一首』（角川ソフィア文庫、角川学芸出版、二〇一三年）などに収録。

〔恵阪友紀子〕

『徒然草』（鎌倉時代末期）

→本書参照。

『神道集《しんとうしゅう》』（南北朝時代頃）

一〇巻五〇話からなる本書は、いわゆる神仏習合《しんぶつしゅうごう》思想に基づいた神道の教義的説明を記す条と、京の稲荷社、祇園社、北野社など日本各地にある諸社の縁起を記す条とで構成されている。さらに後者の諸社縁起は、神々の真の姿である本地仏《ほんじぶつ》を掲げるものと、もともとは人間であった者が艱難辛苦《かんなんしんく》を経て神仏へと転生することを説く本地譚《ほんじたん》とにわけられる。なお、編者については諸説あるが、上野国《こうずけのくに》（現・群馬県）諸社ならびに信濃国《しなののくに》（現・長野県）諏訪に関連する縁起が本地譚の半数にもおよぶため、上信地方の唱導僧《しょうどうそう》の関与が疑われる。日本の中世期における信仰をひもとく上でも重要な位置にあるといえよう。『神道大系　文学編一』（神道大系編纂会、一九八八年）などに収録。

〔鈴木耕太郎〕

『牛頭天王縁起《ごずてんのうえんぎ》』（中世・近世期）

容貌が恐ろしい故に未婚だった牛頭天王は、后に相応しい娘が龍宮にいると知り、旅に出る。途中、長者の巨旦将来《こたんしょうらい》に宿を求めたが追い返され、次に訪れた貧者の蘇民将来《そみんしょうらい》からは歓待される。後年、龍宮で后と八柱の王子を得た牛頭天王は、巨旦一族を滅ぼし、蘇民将来には子孫代々の庇護を約束する――疫病を広め、かつ疫病を抑える神・牛頭天王への信仰の起源を説くこうした縁起は、中世・近世期に各地で作成された。ただし、各縁起の描写には様々な違いがあり、それらを分析すると、縁起ごとに異なる牛頭天王信仰のあり方が浮かび上がってくる。『神道集』や『室町時代物語大成　第三巻』（角川書店、一九八二年）などに収録。

〔鈴木耕太郎〕

『風姿花伝《ふうしかでん》』（一四〇〇年〜一四一八年頃）

室町時代初期に活躍した能役者である世阿弥が著した能の秘伝書。全五篇からなるが、別に前書名『花伝』の名で伝わる二篇をも含めて『風姿花伝』と呼ぶことが一般的である。父の観阿弥から受けた教えや自身の経験にもとづいた稽古修道論・作能論・演技論などを書き記しているが、「初心忘るべからず」など、現代人への示唆に富むことばも多い。竹本幹夫訳注『風姿花伝・三道　現代語訳付き』（角川ソフィア文庫、角川学芸出版、二〇〇九年）は、現代語訳もあり読みやすい。

〔恵阪悟・帝塚山大学〕

『恨《うらみ》の介《すけ》』（一六〇九年〜一六一五年頃）

作者未詳、恋愛物の小説（仮名草子）。葛《くず》の恨の介は清水の万灯会で美しい上臈（近衛殿の養女・雪《ゆき》の前《まえ》）

を見初める。清水観音の霊夢を蒙り、仲立ちを得て逢瀬を果たすが、またの逢瀬を「後生にて」と雪の前に言われたことで恨の介は恋の病となって死に、これを知った雪の前も絶命、仲立ちをした女性らも自害する。同時期の艶書小説『薄雪物語』（作者未詳）と素材や趣向が類似している。日本古典文学大系90『仮名草子集』（岩波書店、一九六五年）などに収録。〔藤川玲満〕

『竹斎《ちくさい》』（一六二一年～一六二三年頃）

富山道冶《どうや》によって著された小説（仮名草子）。山城国の藪医者・竹斎が従者のにらみの介を伴い、諸国めぐりに出る話である。まず二人は見納めの京都見物に出て、芸事に興ずる人、僧侶と女房の語らいなどを見聞きする。都を発ち名古屋まで下ったところで、竹斎は医者を開業、滑稽な療治を繰り広げ、さらに東下して江戸に至る。『伊勢物語』等の古典を踏まえ、狂歌を交えて描く。日本古典文学大系90『仮名草子集』（岩波書店、一九六五年）などに収録。〔藤川玲満〕

『千種日記《ちぐさ》』（一六八三年）

江戸に住む儒者が、有馬入湯をかねて、各地の名所・旧跡を訪ねた折の旅日記。江戸から有馬への往路と、有馬から江戸への復路の二度、京都には訪れている。四条河原での芝居見物や神護寺でかわらけ投げに興じる様子、御所を訪れて御代を言祝ぐことも忘れていないなど、江戸時代の京都の風景をありありと感じさせてくれる。鈴木棠三・小池章太郎編『千種日記（上・下）』（古典文庫、一九八四年）に収録。

〔須藤圭〕

『都名所図会』（一七八〇年・一七八七年）

→本書参照。

夏目漱石『虞美人草《ぐびじんそう》』（一九〇七年）

明治四〇年（一九〇七）年六月二三日から一〇月二九日、東京および大阪『朝日新聞』に連載。前半は章ごとに京都旅行中の甲野《こうの》と宗近《むねちか》、東京の小野や藤尾らのやりとりが交互に語られる。甲野は京都を「眠い所」と評し、宗近は京都の路面電車の速度の遅さを「電車の名所古蹟」と笑う。しかし、この京都イメージが、近代人の神経を過敏にし、虚栄へと向かわせる東京の雰囲気と対比され、文明批判としても機能している。『虞美人草』（新潮文庫、新潮社、一九五一年）などに収録。

〔熊谷昭宏〕

森鷗外『高瀬舟』（一九一六年）

徳川時代、島流しになった京都の罪人は、高瀬舟で大阪に廻されていた。同心・羽田庄兵衛は護送する喜助がやけに落ち着いていることを不審に思い、声をかける。喜助によると、西陣の織場で働いていたが、生活は楽ではなかった。唯一の肉親の弟は病気で、治る見込みもないため死んで兄を楽にしてやろうと自ら喉を切った。しかし死にきれず、ちょうど帰ってきた兄に死なせてくれと頼む。始めは断ったが、つらそうな様子を見かねて剃刀を抜き、弟はこと切れた。これは人殺しなのか、解けぬ疑いがわれわれにも突きつけられる。『山椒大夫・高瀬舟』（新潮文庫、改版、新潮社、二〇〇六年）などに収録。

〔池田啓悟〕

梶井基次郎「檸檬」（一九二五年）

→本書参照。

中原中也「ゆきてかへらぬ——京都——」（一九三六年）

詩誌『四季』一一月号に発表。一五歳の中原中也（一九〇七〜一九三七）は、郷里の山口中学から京都の立命館中学に転校した。この街で詩集『ダダイスト新吉の詩』と出会い、女優・長谷川泰子と同棲し、詩人・富永太郎に心酔する。『在りし日の歌』（一九三八年）所収のこの詩は、京都の日々を「僕は此の世の果てにゐた」と歌い出す。「目的もない僕ながら、希望は胸に高鳴つてゐた」。中也の疾風怒濤《シュトゥルム・ウント・ドラング》時代。『中原中也全詩歌集　下』（講談社文芸文庫、講談社、一九九一年）などに収録。

〔村田裕和〕

三島由紀夫『金閣寺』（一九五六年）

→本書参照。

西口克己『祇園祭』（一九六一年）

天文二年（一五三三）の戦乱で荒廃しきった京を舞台に、祇園会《ぎおんえ》（祇園祭）の山鉾巡行《やまほこじゅんこう》を行おうとする「町衆」と、それを阻止しようとする幕府・武士階級との対立を、町衆目線で描く。一九五〇年代に京都の大学生らが作成した紙芝居・『祇園祭』に着想を得た作品で、後に京都府・京都市全面協力のもと、中村（萬屋）錦之助主演で映画化もされた（日本映画復興協会、一九六八年）。史実とは異なる描写も多々あるが、弱者が強者に抵抗し、圧倒していく様子は時代の熱を感じさせる。小説は中央公論社、弘文堂、新日本出版社などから刊行。映画は現在、祇園祭シーズンに数日間だけ京都文化博物館で上映（ホームページで要確認）。

〔鈴木耕太郎〕

川端康成『古都』（一九六一年～一九六二年）

↓本書参照。

川口松太郎『古都憂愁《ゆうしゅう》』（一九六四年～一九六五年）

作家の結城信吉と、かつて祇園の名妓《めいぎ》といわれ、現在は京都・岡崎で小さな旅館を営む田村志麻女の二人を中心に様々な人間模様を描く。京都を支えているのは、名所・旧跡や伝統文化だけではなく、人と人との豊かな結びつきにこそあることを教えてくれる。連載中には谷崎潤一郎に賞賛され、映画『古都憂愁　姉いもうと』（大映、一九六七年）や、テレビドラマ（NHK、一九七〇年）にもなった。増補新版昭和国民文学全集11『川口松太郎集』（筑摩書房、一九七九年）などに収録。〔須藤圭〕

深沢七郎「無妙記」（一九六九年）

『文芸』一一月号に発表。一九五六年に「楢山節考《ならやまぶしこう》」でデビューした深沢七郎（一九一四〜一九八七）の短篇小説。衣笠山近くのアパートに住む六〇すぎの骨董商《こっとうしょう》は、三月二五日の北野天神の市の日、死んで白骨になった自分を想像するうちに誰もが白骨に見え始め、白骨たちの街へ借金の回収に出かける。京都の地下は無数の死者が層をなしていて、欲望と金のやりとりに夢中な生者たちも、次世代の白骨にすぎない。無常の都市「京都」。『日本近代短篇小説選　昭和篇3』（岩波文庫、岩波書店、二〇一二年）に収録。〔村田裕和〕

村上春樹『ノルウェイの森』（一九八七年）

村上春樹の五作目の長編小説。発売と同時に売り切れが続出した人気作で、累計発行部数一〇〇〇万部を超えるベストセラーとなっている。ワタナベと、自殺した彼の友人の恋人であった直子の物語を軸に、青春の葛藤や恋心だけでなく、喪失感や死生観までもが描かれる。直子が入所する療養所「阿美寮」が京都市北部の山中にあるという設定である。そのモデル地がファンによって数ヶ所推定されているが、あなたも文庫本片手に散策してみては？　『ノルウェイの森（上・下）』（講談社文庫、改訂版、講談社、二〇〇四年）などに収録。

〔禧美智章〕

デビッド・ゾペティ『いちげんさん』（一九九六年）

「僕」は日本語教師をしながら京都の大学で日本文学を学ぶ留学生。京都に溶け込もうとしながらも「外人」として扱われ、その内向きの応対に苦悩する。盲目の京子へ本を読むボランティアを引き受けた「僕」は、京子との仲を深めていく。「外人」というまなざしを受けていた「僕」にとって、外見を気にせずに関係を築くことのできる京子との時間は新鮮なものであったが、そうした関係もやがて終わりを迎える。京都という都市の特徴を捉えた好著。『いちげんさん』（集英社文庫、集英社、一九九九年）などに収録。

〔田中裕也〕

森見登美彦『夜は短し歩けよ乙女』（二〇〇五年〜二〇〇六年）

↓本書参照。

クラスナホルカイ・ラースロー、早稲田みか訳『北は山、南は湖、西は道、東は川』（二〇〇六年、原著・二〇〇三年）

著者は現代ハンガリー文学を代表する作家であるという。作品の舞台は一応京阪電車の走る現代の京都だが、現実とは異質の時空間である。『名庭百選』に記載された「隠された庭」を求め、「源氏の孫君」はお供の目を盗んでひとり廃墟となった寺を訪ねる。庭は確かにそこにあったが、ついに見つけることがかなわず寺を後にする。一度は駅まで戻ったものの、再び引き返そうとするが、そこにあるのは見知らぬ道。電車が駅を出た後、京のどこかで大きな災厄が出来《しゅったい》した。『北は山、南は湖、西は道、東は川』（松籟社、二〇〇六年）に収録。

〔池田啓悟〕

万城目学『鴨川ホルモー』（二〇〇六年）

京都大学に入学した「俺」が、小さな「オニ」を駆使して行われる「ホルモー」という謎の四大学対抗戦に巻き込まれる物語。「ホルモー」の背後には、陰陽五行説《いんようごぎょう》、安倍晴明《あべのせいめい》の伝説など、京都に眠る平安京の記憶が隠されている。「ホルモー」には千年の歴史があるとされるが、当事者たちは継承の理由を知らない。大義名分のない「伝統」がいかなるものかを描く作品。『鴨川ホルモー』（角川文庫、角川書店、二〇〇九年）などに収録。

〔熊谷昭宏〕

『けいおん!』テレビアニメ・映画（二〇〇九年〜二〇一一年）

→本書参照。

『京騒戯画』テレビアニメ（二〇一三年）

松本理恵監督によるアニメーション。インターネット配信版公開の後、二〇一三年よりテレビアニメが制作・放映されている。鏡の向こう側の不思議な街「鏡都《きょうと》」へと、時空の狭間から少女・コトがやってきた⁉ そこは、人もモノノケも仲良く暮らし、人は死なず、全てのものは絵から生まれ、壊れたものもいつのまにか元通りになる――不思議な都。京都であって京都でない。コトの闖入《ちんにゅう》によって、止まっていた「鏡都《きょうと》」の時間が動き出す。東映ビデオより Blu-ray、DVD が発売中。

〔禧美智章〕

『たまこまーけっと』テレビアニメ・映画（二〇一三年～二〇一四年）

→本書参照。

灰原薬『応天の門』（二〇一三年～）

二〇一三年一二月より『月刊コミック@バンチ』（新潮社）に連載中、新潮社〈BUNCH COMICS〉既刊一一巻（二〇一九年九月現在）。平安時代、当代きっての秀才、若き菅原道真と色男在原業平、年の差・身分差のある二人が出合い、京の都で起こる怪事件を解決する。物の怪や鬼が原因とされていた事件を解決していくなかで、徐々に事件の背後に潜む藤原氏と伴氏の勢力争いに巻き込まれていく。各話に本郷和人の「平安時代講」や用語集なども付される。

〔恵阪友紀子〕

おかざき真里『阿・吽』(二〇一四年〜)

天台宗の開祖・最澄と真言宗の開祖・空海の二人を主人公とした漫画。「天才」であるが故に孤立し、一方で「天才」であるが故に求められていく二人の人生を、熱感こもる筆致で迫る。孤独であった天才二人が邂逅《かいこう》し、初めて孤独から解放されて間もなく、歴史の悪戯により彼らはゆるやかに決別の道をたどる——こうした歴史の転換点も鮮やかに描く。あえて使われる横文字(現代語)も一つのアクセント。『月刊!スピリッツ』(小学館)連載中で、コミックスは既刊九巻(二〇一九年九月現在)。

〔鈴木耕太郎〕

中村理聖『砂漠の青がとける夜』(二〇一四年)

東京で雑誌編集の仕事をしていた瀬名美月は、同業の先輩である溝端との不倫関係に疲れ、京都で父の店を引き継いでカフェを営む姉・菜々子の手伝いをすることになる。美月は店に訪れる不思議な中学生・準と交流していく。準は人の話す声と同時に別の声が聞こえるという。この小説では人が口にする言葉と、その内面の言葉との乖離が描かれる。色や味、音などが丁寧に描かれ、視覚・味覚・聴覚という身体感覚を意識させられる作品。作中でお茶の味を表現する際にさまざまな味の言葉を捨象し、「老舗」という言葉に収斂してしまうところに、京都の「伝統」の奥深さを感じる。『砂漠の青がとける夜』(集英社、二〇一五年)に収録。

〔田中裕也〕

あとがき

平成二九年（二〇一七）に制作されたディズニー映画実写版『美女と野獣』には、その冒頭、変わり者でありながら村一番の美しさをもつ、エマ・ワトソン扮《ふん》するベルが「本のおかげで小さな世界が大きくなる――」（Your library makes our small corner of the world feel big.）とつぶやく場面があります（なお、平成三年（一九九一）に制作されたディズニー映画アニメーション版『美女と野獣』には、この言葉自体はないものの、本を読むことで空想をふくらませる姿が描かれています）。それは、当然、『美女と野獣』という世界への導入にもなっているわけですが、文学を読むとは、ベルがそうであったように、私たちにとっても、自分の住まう世界の小ささを感じ、外側に広がる世界の大きさを知る行為だということができます。

私たちは、おおよそ、自由に物事を捉え、自由に考え、自由に発言することができると信じています。しかし、それは幻想でしかありません。私たちは、常に、ナニモノかに束縛され、その範疇で生きていかざるを得ません。時代の常識であったり、組織のルールであったり、先生や上司、親の価値観であったり、納得できないままに従わざるを得ないこともあるはずです。周囲の雰囲気に流されてしまうこともあるでしょう。就中、自分自身が知らないもの、全く未知の考え方に接したとき、それを理解し、寛容であることは、とても、難しいものです。文学を読むこと、そして、「京都文学」を読むことは、私たちが何にとらわれているかを自覚し、未知のものへの理解をうながすための作業である、ということができます。

本書では、古代から近代にかけて書かれた複数のものがたり――「京都文学」をとりあげ、「京都」なるものの姿を暴きたてようとしてきました。そこで浮かび上がってきたのは、都となる以前の「京都」であり、「京都」の名所が生成されていくプロセスであり、他の都市と交換可能な「京都」であり、そしてまた、「京都」の表の歴史からは黙殺されてしまった事実の存在でした。それらは、現在とは全く異なる、まさしく、未知の「京都」の姿なのです。

もとより、本書は、大上段に構えて「京都文学」を論じるものでは、決して、ありません。たとえば、「京都」や「文学」を史的に概括してみせたところで、そうした枠組みを再生産するだけであり、何ら価値はありません。「京都」であっても「文学」であっても、「京都ってこういう都市だ」とか「文学はこういうものだ」とか、まるで、その全てを知り尽くしたかのように語ることは不可能に違いありませんし、そう語られた途端、「京都」も「文学」も、一切の価値を失ってしまうからです。「京都」も「文学」も、未知であるからこそ価値があり、未知であるからこそ多くの「知」を与えてくれるのです。「京都」はこれからも数多の経験を重ね、未知なる都市としての姿を更新していくでしょう。そうした「京都」を「京都文学」は捉えつづけていくに違いありません。

私たちが本書で取り組もうとしたことは、「京都文学」の一つひとつにじっくりと向きあってみること、その実践によって、未知の「京都」の姿に光をあて、自らを拘束する枠組みを取り払うための「知」を得ようと試みることです。本書をとおして、この試みを追体験していただけたならば本望です。

本書の上梓にあたっては、武蔵野書院　本橋典丈氏に、ひとかたならぬお力添えを賜りました。本書の趣旨をご理解くださり、その企画段階から校正に至るまで、適切なご助言をいただきました。衷心より感謝申し上げます。

京都と文学研究会
須　藤　　圭

執筆者紹介

須 藤　　圭（すどう　けい）　＊責任編集、京都と文学研究会メンバー
1984年生まれ。筑紫女学園大学准教授。主な著書・論文に「京都学を俯瞰する―解釈の多様性と揺れをめぐって―」（『立命館文学』649、2017年1月）がある。

池 原 陽 斉（いけはら　あきよし）　＊京都と文学研究会メンバー
1981年生まれ。京都女子大学専任講師。主な著書・論文に『萬葉集訓読の資料と方法』（笠間書院、2016年）がある。

恵阪友紀子（えさか　ゆきこ）　＊京都と文学研究会メンバー
1975年生まれ。京都精華大学特任講師。主な論文に「関西大学図書館蔵生田本『和漢朗詠集』と朗詠江注」（『中古文学』86、2010年12月）がある。

松山由布子（まつやま　ゆうこ）
1984年生まれ。日本学術振興会特別研究員。主な著書・論文に「奥三河の宗教文化と祭文」（齋藤英喜・井上隆弘編『神楽と祭文の中世―変容する信仰のかたち―』思文閣出版、2016年）がある。

鈴木耕太郎（すずき　こうたろう）　＊京都と文学研究会メンバー
1981年生まれ。高崎経済大学専任講師。主な著書・論文に『牛頭天王信仰の中世』（宝藏館、2019年）がある。

藤 川 玲 満（ふじかわ　れまん）　＊京都と文学研究会メンバー
1977年生まれ。お茶の水女子大学講師。主な著書・論文に『秋里籬島と近世中後期の上方出版界』（勉誠出版、2014年）がある。

川 端 咲 子（かわばた　さきこ）
1969年生まれ。神戸女子大学古典芸能研究センター非常勤研究員。主な著書・論文に「近世芸能における道成寺の演出―宇治加賀掾古浄瑠璃『うしわか虎之巻』鐘入を中心に―」（『神女大国文』29、2018年3月）がある。

村田裕和（むらた　ひろかず）　＊京都と文学研究会メンバー
1975年生まれ。北海道教育大学准教授。主な著書・論文に『近代思想社と大正期ナショナリズムの時代』（双文社出版、2011年）がある。

田中裕也（たなか　ゆうや）　＊京都と文学研究会メンバー
1982年生まれ。高知県立大学講師。主な著書・論文に「三島由紀夫「親切な機械」の生成―三島由紀夫とニーチェ哲学」（『日本近代文学』84、2011年5月）がある。

池田啓悟（いけだ　けいご）　＊京都と文学研究会メンバー
1980年生まれ。立命館大学等非常勤講師。主な著書・論文に『宮本百合子における女性労働と政治』（風間書房、2015年）がある。

佐藤未央子（さとう　みおこ）
1988年生まれ。早稲田大学研究院客員講師。主な著書・論文に「谷崎潤一郎「肉塊」と映画の存在論―水族館-人魚幻想、〈見交わし〉の惑溺―」（『日本近代文学』94、2016年5月）がある。

熊谷昭宏（くまがい　あきひろ）　＊京都と文学研究会メンバー
1976年生まれ。同志社大学非常勤講師。主な論文に「小説「作法」が紀行文を変える時―田山花袋の紀行文の変化について―」（『解釈』59（1·2）、2013年2月）がある。

禧美智章（よしみ　ともふみ）　＊京都と文学研究会メンバー
1982年生まれ。名古屋芸術大学任期制講師。主な著書・論文に『アニメーションの想像力　文字テクスト／映像テクストの想像力の往還』（風間書房、2015年）がある。

ものがたりたちの京都　京都文学入門

2019年10月12日 初版第1刷発行

編　　者：京都と文学研究会／池原 陽斉・恵阪友紀子・須藤　圭・
鈴木耕太郎・藤川 玲満・村田 裕和・田中 裕也・池田 啓悟・
熊谷 昭宏・禧美 智章

責任編集：須藤　圭

発 行 者：前田智彦

発 行 所：武蔵野書院

〒101-0054
東京都千代田区神田錦町 3-11 電話 03-3291-4859　FAX 03-3291-4800

装　　幀：武蔵野書院装幀室

印刷製本：三美印刷㈱

ISBN 978-4-8386-0484-5　　Printed in Japan